风吟花语

FENGYIN HUAYU

林影 著

时代出版传媒股份有限公司
安徽文艺出版社

图书在版编目(CIP)数据

风吟花语/林影著.—合肥:安徽文艺出版社,2017.8
ISBN 978-7-5396-6170-4

Ⅰ.①风… Ⅱ.①林… Ⅲ.①散文诗-诗集-中国-当代
Ⅳ.①I227

中国版本图书馆 CIP 数据核字(2017)第 180688 号

出 版 人:朱寒冬
责任编辑:韩 露　　　　装帧设计:褚 琦

出版发行:时代出版传媒股份有限公司 www.press-mart.com
安徽文艺出版社 www.awpub.com
地　　址:合肥市翡翠路 1118 号 邮政编码:230071
营 销 部:(0551)63533889
印　　制:安徽联众印刷有限公司 (0551)65661327

开本:880×1230 1/32 印张:5 字数:100 千字
版次:2017 年 8 月第 1 版 2017 年 8 月第 1 次印刷
定价:25.00 元

目录

心泉

风吟

独 步

路上

序言

林影的散文诗
叶辛

十几年前，在上海的一些报刊上，不时地读到一些短小的、颇有韵味的散文诗，虽然不长，读完之后，却想再读一遍。比如：

> 羽翼未丰的你，在我拽疼的视线里盘旋，我悬挂的心，生出担忧的枝丫，等待你疲倦地回归。
>
> 你披一身执拗，走进风风雨雨的前程。我披一身牵挂，走进风风雨雨的心情。(《女儿与我》)

这是写一个母亲心目中的女儿。其中，“担忧的枝丫”“拽疼的视线里”，使得我阅读的目光不由得停下来，咀嚼着这些句子，陷入沉思。只有对女儿有着发自肺腑的爱，才写得出这样的句子。又比如：

> 您走进我漆黑的梦里，深沉而苍老的眸子，探视着我深深的

夜空。(《母亲》)

您是我生命中的一棵胡杨,永远以树的伟岸,挺拔在我遥远的记忆里。(《父亲》)

这是远离父母的女儿,思念父母所写下的散文诗。

一次一次读过这些散文诗之后,我心里说,署名林影的这位女士,究竟是谁呀?

那时我还在上海作协上班,一天,创联室的同志带来一位女士,个儿高高的,脸上挂着淡淡的微笑,介绍说她是我们会员,名叫张华,是来联系南京路步行街组织的一次笔会活动的。我还开玩笑说:"张华啊,全中国肯定有几万个叫张华的,光是我认识的张华,有男有女,就有五六个。"说着,我还扳着指头一一报出这些张华在哪里工作,多大岁数。

送走客人,我向创联室的小于打听:"她是我们会员,写过些什么东西?"

小于说:"她是写散文诗的。"

我摇头:"我怎么没读过?"我刚才扳着指头讲到的张华,都不是我们的同行。

小于说:"她的笔名叫林影。"

"哦。"我恍然大悟,原来我时常读到的那些短小的、颇令人耐得咀嚼的散文诗,就是她写的。认识了其人,再在报刊上读到她发表的作品,自然而然便会鉴赏一下。

人们说,写自己的亲人,因为深怀着感情和爱,字里行间不知不觉就会流露出来,使得文章增色添彩。读林影的散文诗多了,我不仅发现她写到自己的至亲骨肉时很有味道,即便她描绘大自然,言情状物,也能在简约抒情的文字里透出别样的滋味。她写《古村落》:

……高高的马头墙,关住所有的秘密,空留一座牌坊,笑看世代更迭。

她写《桃花石》:

是谁绰约的惊艳,孕育成粉红色的迷离?

桃花石,你默默捧出那颗永不褪色的心,让人品尝一生一世真淳的滋味。

她写到街头雕像:

你凝望着……

街道,车水马龙;人群,南来北往。你默默地站成一尊雕像。

她写《聆听大海》:

……憧憬明天的日子,才是生命的主题。恢宏的海韵一浪浪拍打我衰弱的心脏,灵魂禁锢得太久了,难道情感只能披一件梦的衣裳?

她写《月之物语》:

丘比特之箭,锐利如铁,却穿不透一堵无形的篱笆墙,在一个心绪如雨的夜晚,我仰望成一尊石像,疲惫成一种无奈。

她写《守望》:

阴差阳错,我们无法走出起点,一份浪漫的情愫,只能系在梦的翅膀上漫天飞翔……

梦的翅膀真的会飞翔吗?

我只是边读诗稿边用笔画下这些引用的句子。可以说,林影的散文诗,有她独特的表现形式,有她独到的吟唱方式。她的思绪和情感附着描写到的大海、月亮、静夜,让读者能品鉴出她不同于他人的余韵和美感。

平时在交往接触中,我劝她在适当的时候,可以编选一本散文诗集,把散落在各种大小报刊上的文字,集中编选展示,相信读者朋友们会喜欢。

现在她精选了一本,我深以为然。

是为序。

花语

谛听生命（组）

1

在幽深的一角，你的声音如同教堂里唱诗班的《圣经》，缭绕而响亮地回响。

又是月明星稀的夜晚，你可曾听见风的信使，在你皎洁的窗前踱步彷徨？

几年前，你把不经意的笑靥，种植在我心的原野，如今已开成了燃烧的玫瑰，挂在夜晚的枝头，临风摇曳，独自绽放。热情的玫瑰，将我苍白的天空染得火红。

隔着厚厚的墙壁，我用心灵的眼睛轻轻触摸你的目光，突然心雨如注，打湿了我狂躁的心跳。

我坐在爱的禅意里，静静地聆听我的心音。在一片宁静的圣乐里，开始为你默默地歌唱……

2 你的手掌里，紧握着爱的种子。犹如仙人的圣手，你在我坚硬的生命里，种植了一株爱的桃树，等待来年的缤纷绚丽。

我的心开始沿着美丽的芳径，远离喧嚣的都市，走出红尘。

情到深处，无牵无依。

在一片人迹罕至的空旷草原上，我营造起一座小小的木屋，储藏进每一个温馨的日子，让它站立成生命里化石一样的标本，天荒地老，永远留存。

3 时间的脚步徐徐前行，吉祥的钟声响在一个遥远的祝福里，响在我干枯的心灵深处，生生不息，天长地久。

在静静的等待中，我准备了一屋子的黑来想念你。

伸出情感纤纤的手指，我悄悄推开心门，等待你像风一样飘然而入。在夜晚的田野里，我早已种下你的名字，经过月光的浇灌，在寂寞和孤独的时候，开出一些不为人知的花朵，等你来静静地采撷。

4 今宵，我铺开一张宽大的纸，与看不见的你攀谈，肆虐的爱如同决堤的江水，卷起长满野草的紫红色岸土，鲁莽地冲出心门，郁积多年的切肤之爱啊，朝着你的方向，汹涌而去。

月亮的背面，是我刻满的浮雕，只有穿云破雾，你才能读懂那些象形的言语。

银色的月光下,你曾站成一尊石像,凝思专注的神情成为一帧最美的风景,挂在我漆黑而宁静的天空。

5 根植于生命的情感之树,自由而纯粹地生长,鸟儿祥和的歌声落满了枝头。

从一树火红的花朵里洒下美丽的心雨,汇成一首芬芳而又美妙的诗,沿着心的江河流淌,将凝神驻听的我慢慢地淹没。

走进情感,就走进了风雨;走出情感,也就走进了坟墓。

你会从轰隆隆欲来的急风暴雨中走出,还是憔悴成一只孤独的白鹭?

6 往日,以崇尚的目光望着你,如同望着一尊一触即碎的瓷器,遥远而又精致。

我默默地采集爱的火焰,在烈火中锻造自己,并用全部的热情去点燃爱的神灯,照亮你心的深处。

在冰冷的冬日里,你终于背负上我沉重的爱,变成一匹为爱上路的马儿,在寒冷如冰的路途上,无所畏惧地奔跑,断断续续地嘶鸣。

在一座静谧的山岭背后,我庄严地等待你,等你从爱的路途上跋涉而来,为你浸染寒冷的心取暖,为你狂奔而划破的伤口敷上幸福的疗伤剂。

7 与往日告别，不想翻阅那些揪心的往事，又怎能忘记那场浴火重生的灾难？

在天崩地裂的灾难中，我从残垣断壁里救出一角残剩的诗稿，而你却从废墟之中救出我未亡的灵魂，敷化我心有余悸的不幸。

你是我的还魂草啊，我由此从烈火中涅槃，从死亡中重生。

走在苦难之后的日子里，我无法诉说身世，在你深厚柔软的爱里，日子从头开始。

8 悲哀的月光，泻在脸上，仿佛一声来自天堂的声音，覆盖了大地。

在陌生的人群中，找寻你熟悉的背影。你可曾听见，我面对天穹向你抒发的一腔柔情爱语？你在漆黑的夜幕里从天而降，却又丢失在白花花的阳光里。

我的歌声随风飘扬，躲在爱之对岸的你，难道听不见如泣如诉的绝唱流淌而去？

伸出爱的双手，折一根染血的花枝，蘸着一汪明月的光芒，在心尽头的一隅，无畏地画你。

在落寞而孤独的心情里，我独自苍白地活在世上。你沉默的声音穿透我彻骨的爱，铺展成一些野性的诗句。

9 走进焦渴的热土，为你栽下一株含苞欲放的纯情花木，在一片了无人迹的地方，替你永远厮守一方纯真无邪的天宇。

走进暖风乍起的情感里，一树粉嫩的花朵灿烂地绽放，爱的细节孤悬而又美丽。

若有若无的歌声，飘浮在我的空中，犹如声声穿心的雁鸣，穿过时间的沧桑和尘世的无极，固结成一道注定的神意。

一切都是天意，今生你我无法逃离。天地合拢吧！幸福为爱而至！

10 花期来迟的桃树，临风开放，在温馨的等待里，爱的火焰点燃了最初的记忆。

我把芳心系于桃枝之上，等待君临的日子里，绽放一树孤独的美丽。

无声无息的心雨，打湿了美好的时辰，花雨纷落，残红一地。即使你错过了花期，在一处鲜为人知的地方，我也竭尽一生等你。

也许在世俗的泥土里，你满目凄凉，满心疮痍，那么我折断周身坚硬的骨头，化为一撮泥土，长成一棵你所心爱的花树，为你遮风挡雨，为你花团锦簇。

拾捡诗句的女孩

在一段长满青苔的岁月里，一带鹅黄的柳荫下面，撒满了无数凌乱的诗句，一个倔强的女孩，在诗的废墟上默默地拾捡，找寻着自己遗落的梦。

一行轻轻的脚步，叩响了少女的心门，两个懵懂的生命，邂逅于尘世间一方狭小的净土。

与爱同行的日子，一切变得单纯而又浅显。盛春的梦，静静地挂在缀满繁花的枝头。

在一方稿纸上，心被无数次地烧灼和撕扯，我深深地沉醉又默默地哭泣。长空写满了絮语，稿纸成了灵魂的栖息地。

犹如在一面纯净的湖上，追随着天边鸟儿飞翔的轨迹，我们虽在咫尺，却又难以企及。在错误和等待中，在放弃与迟疑里，我们互相背离。

岁月渐渐地剥蚀，一对清晰的面孔慢慢变淡，干瘪成内心深处的一个黑点,但是记忆却依然高挂在岁月的枝头,疼痛地舞动。

梦早已离它的主人而去,诗句也飘浮成尘埃,在现实的对面,记忆顽强地站成了一棵树。

哦,请不要摇落你的叶子,经历了风雨严寒,我已风烛残年、命如游丝,只要一片小小的叶子,就能掩埋我脆弱的生命。

错　过

伫立于生命的天际，看你慢慢远去，那凄美的回眸，染红了我遥远的寂寞。

放长了期待的目光，追赶你匆匆的脚步，伸长了爱的手臂，却拉不住你离去的衣袖。

人生没有回头路，错过了便是永远地错过。在飞扬的青春里与你擦肩而过，沉默的岁月中便生长出不期而遇的侥幸。于是，在天荒地老的等待里，青春的火焰一点点剥蚀，玫瑰色的爱情也已流浪到爱的天涯，开放成无根的花瓣，风吹云散。

漆黑的午夜，盛开我亮晶晶的心事。爱的夜空，疲惫成一个苟且的梦。游弋的心灵，沿着平平仄仄的梦之路，走进一个无垠的深冬。

站在岁月之巅，遥望你远离时浮雕般的背影，放飞心中的飞鸟，在苍茫之中衔回一封渺茫的音信。

在人海中往往相互忘记，但在记忆中又相互找寻。是坚守最初的诺言,还是放弃最后的等待?

灵魂死在花香浸泡的寒夜,疼痛而悲凉的思考,深刻着岁月,苦涩成沉重的日子,没有尽头。

等　　待

站在颤悠悠的枝头，我的心绪如一只幼鸟，想要飞翔又恐惧坠落。

冬天很冰，目光与语言也很冷。也许，音信会渺茫得被寒冷的冬日冻结。于是，一个膨胀于内心的久远词语，疼痛地植入我的心中。

你身后的雾霭在我目光的深处迅速合拢，难道一团白云也能将你遮蔽？

我的等待越来越深。

在有气无力的阳光里，我孤独的灵魂成为一只装满空气的气球，抛下一整座城市，沿着梦的方向行走，不知是抵达一个美丽的错误，还是一个未知的美妙仙境。

我独立于生命之外，等候一场不曾预约的大雪，飘过我期待已久的眼睛，默默融入我空旷的心野。等待习习的暖风，跨过深冬的山峦，吹入我残冬的心门。

当冬天挥手而去，承受了一夏一冬的冷暖之后，于无人知晓的一隅，一枝娇羞的花朵依然独自盛开。

在何时何地，我拾捡了你遗落的一个深不可测的眼神，成为一双不眠的眼睛，挂在我每日的夜空？在这些亮晶晶的夜晚里，一只看不见的手，撕碎了我的心脏，撕碎了我的思绪，撕碎了整个的我。

我知道你很遥远，即使我将目光装上车轮，也无法驾驶我沉重的心，抵达你高远的白云深处。我知道你害怕走近，那么我站成一株高高的白玉兰，在初春的枝头，我高擎洁白的祝福，永远为你飘落深深的问候。

那一年

那一年，北风凄凄，吹瘦了整个大地，寒冷把我冻成一个冰疙瘩，只有内心一团火在呼呼燃着。你带我蹚过一条深深的河流，我从此迷失于失乐园。一粒无人知晓的梦想，在一个无人知晓的荒原上，渐渐地含苞怒放，从此我的内心盛开一个玫瑰色的世界。

那一年，你的火车经过我的腹地，把我粉红色的歌声碾得粉碎，我疼痛的灵魂如同北风中将要飘零的落叶，在寒冷中飒飒颤抖。教堂的钟声唱着哀歌，送走了我的深情。从此，岁月锈蚀了铁轨，一座废弃的车站，再也等不来一声悠远的鸣叫和一声铿锵的撞击。

那一年，我告别海明威的《老人与海》，带上风烛残年的竖琴，在落日迟暮的黄昏，爬上空无一人的山头，坐在落英缤纷的桂花树下，抚琴歌唱。我变成一个善良的女巫，每一首歌都是一剂麻醉剂，我不停地歌唱，为每一个过路的人疗伤止痛。

寻 梦

一帘幽梦,深藏着多少秘密?

你踩着情感的云朵,风一样飘然走进我的梦里,把你灿然如花的笑容,不经意地洒在我荒芜的心田,从此一颗期盼的心,久久地等待一些真实的花朵灿烂地盛开。

踏着细软的脚步,从梦的废墟上缓缓走过,唯恐轻柔的步子踩碎美丽的故事和斑斓的梦。

慢慢地收回敏感的目光,不敢伸向梦的深处,唯恐那锋利的触角,触碰了伤感的灵魂。

醒,是一种痛苦。梦醒时分,我找不到你,也丢失了自己。

哦,风一样的你,带走了我的笑和灵魂,却把纸人一样的我,留在了梦之外。一个苍白的我,不知何时才能再与灵魂邂逅。

在洒满阳光的晨风里,我沮丧地拾捡着凋零的梦,任凭梦的碎片犹如春天里凋谢的花瓣,飞扬于我的生命之中。

既然我的灵魂属于我的梦,那就让自己沉睡吧!

躺在梦的花瓣里,把自己深深地埋在梦中,静静地嗅着梦的味道,痴迷地裹着轻纱一样的梦境,安然入梦,沉醉不醒。

月之物语

给夜晚一个理由，或者给白天一次坦然，让我们邂逅于心的鹊桥吧。

我朝着西的方向远看，你朝着东的方向站立，而星的眼睛跨越心海，自由地游弋在我们的上空。飘浮如云的心，顺着零点滑翔，梦的思绪野火般跳动不已，我焦灼地等待，等待一次凤凰般的涅槃。

丘比特之箭，锐利如铁，却穿不透一堵无形的篱笆墙，在一个心绪如雨的夜晚，我仰望成一尊石像，疲惫成一种无奈。

十二月的午夜，寒冷如冰，你温暖的手掌扑打着我心的窗棂，犹如蝶翼的呼唤。于是，一只兴奋的鸟儿，便随着心的狂跳，啄食我的额头。我用心的手臂拆开我封存多年的窗棂，你却钉立于原地挥动着深情的手臂，如春风里的一面旗帜。

我们的双脚，困于两个圆圈，交集时而扩大时而缩小，在一个陌生的意象里，我们唱着同一首歌，走进周而复始的冬季。

日积月累的禅意蓄满心灵，我目光的秋水，再也无法阻拦，冲出洞开的心房，奔涌而去。天隔一方的你，兀立于心的彼岸，遥远成单薄，当肆虐的洪水扑面而来，你可否经得起淹没？

守 望

一声沉重的叹息，掉进漆黑的夜晚，让岁月之舟无力地搁浅。

无声无息的心雨，犹如纷落的花瓣，打湿了一个飘零的季节。陨落的诗行，铺满伤感的失意，等待一个故事慢慢拾捡。

阴差阳错，我们无法走出起点，一份浪漫的情愫，只能系在梦的翅膀上漫天飞翔。不合时宜的狂想，随短暂而漫长的时光生长，任凭思想的枝蔓结满沉重的忧伤。

静静的夜晚，你悄悄驻进我的心房，于灵魂深处触摸生命的本真。在夜的尽头，聆听着渐渐远去的怦怦心跳，那不经意失落的笑容，宛如隔岸闪烁的渔火，让我痴情地守望。

苦苦地等待，寻找着一个美丽的答案。在生命与时间的斗争中，你可感知，一腔绝唱的诗句正以桀骜不驯的姿态，向你恣意倾泻？你可看见，野火肆虐，灵魂焚烧着肉体，沸腾的青春为你点燃？

落花流水，汩汩地漫过生命的堤岸，躁动的心灵，重叠着生命中的一个瞬间。穿过野性的荒原,挣脱爱的羁绊,躺在灿烂的梦上,于长满苔藓的谷底,沿着带刺的青藤,让爱攀缘。

小　　屋

紧闭房门，让厚实的墙锁住我跳跃的灵魂。心越燃越旺，独守着一炉心火，把博大的寒冷拒之门外。

从风雪中流亡归来，有一双洞彻我的双眼陪伴，我学会了用心取暖。从此，冬是冰的，雪是暖的。

天空淡淡地蓝着，鸟声掠过，生动了我空旷的视野。掩埋在林立高楼中的小屋，以坚定的姿势独自站立，如同一个永远凝固的梦境，顽强地坐落在我心的一隅。

在一个深深的夜晚，我奔走的孤独驻足于此，一个行走在灵魂之间秉烛的人，用深情的笑容，在我苍白的凝视里染上一抹红晕。

我开始仔细聆听，一枝火炬般燃烧的玫瑰，花开有声。是一种执着，一种规劝，一种鼓励，一种呼喊，一种昭示，还是一种醒悟？不知何时，预支的渴望开始萌动。

躲进小屋，远离都市的喧嚣和嘈杂，远离尘世的窒息和重负，脱下矜持的外衣,与心相拥。在小屋深处,也许生命在迅猛的撞击声中会化为一团闪电,也许一个表面上平淡完好的苍凉世界会坍塌成美丽的断壁残垣,但是心的深处,正酝酿着一首美丽的歌,婉转地飘浮在一片纯净的天空,有谁不渴望歌声呢?

一个雨天,一个故事,一种心事,还有凝滞的时间,统统交给了小屋。在这方心灵的空地里,我安置了回视和留恋。一个命定的理由,成为一种永远的安抚。

我独守着小屋,从夜晚守候到白天。细细咀嚼着一枚甜甜的梦,笑从内心伸出手臂,挺立成一杆生命的旗语,邀你解读。

七 夕

一张命运的网，铺展成巨大的银色天幕，两个孤单的背影，踽踽行走在生命的弦上，像两个无力的皮影，无声地演绎着哀伤千年的爱情。

埋在喧嚣的城市之中，遥望银光苍茫的天际，爱的视线被天河无法抵达的距离隔断，思念的情思却架起漫长等待的心桥，让两颗深爱的心短暂地相拥。

是谁的双手犹如永远抽不完的春蚕，编织着色彩斑斓的梦？又是谁的双脚如同无家可归的孤独小羊，流浪成一首干枯消瘦的歌？古老的民谣长满了青苔，击节而歌，鸟语纷落，揪心的歌声，无人应和。

爱情是一场无可救药的病，一脚踏入便病入膏肓，长眠于爱情中的两个人，空留下一段刻骨铭心的故事，被沉积的岁月冷冷地浮雕，一墙干涩的文字，凄楚着千年的读者。

心泉

女儿与我

羽翼未丰的你，在我拽疼的视线里盘旋，我悬挂的心，生出担忧的枝丫，等待你疲倦地回归。

你披一身执拗，走进风风雨雨的前程。我披一身牵挂，走进风风雨雨的心情。我是你风雨中呆立的背景，你是我风雨中跳跃的风景。我们总以相悖的方式，走出彼此的生活，又总在遥远的地方，走入彼此的心里。

你怀揣着自由的信仰，背负着理想的种子，走向天涯，将一串湿漉漉的童话，挂在我心的枝头。温馨的情节，不断地绽放姹紫嫣红的花蕊，记忆的树上，永远缀满芬芳甜蜜的果子。我将永不褪色的爱，压缩成一枚小小的禅语，偷偷塞进你干瘪的行囊，遥望远方飞鸟的轨迹，我空洞的心房，盛满无声的忧伤。

走吧，孩子。沿着自己的心，走向远方吧。在遥远的远方，既然总有无声的召唤，牵引你的脚步，那就让岁月之歌，漫过生命的堤岸，如同汩汩的泉水，沿着你凹凹凸凸的足迹，弯弯曲曲地流淌吧。

但是，我永远是你孤独时一支苍老陈旧的牧歌，倦怠时一面破旧褪色的风帆，茫然中一张泛黄褶皱的地图，在你无助的时候，请将我拾起。

父 亲

您是我生命中的一棵胡杨，永远以树的伟岸，挺拔在我遥远的记忆里。

走出您宽大的手掌，如同一把喑哑的吉他，在流浪的主题里左碰右撞。带着累累的伤痕，我靠您预支的坚韧，在生命的历练中变成坚硬的石头，站上岁月的山顶。

曾经，您一句沉重如铁的言语，犹如穿越千年的钟声，撞醒我一个昏睡多年的梦。从此，我在梦想的世界里匆匆上路，开始用坎坷的脚步，丈量一生。

曾经，您一个无声而期待的眼神，犹如春天的小雨，在我焦渴的土地上，打湿了一地的阳光，滋润了我信念的种子，浇灌了我如花的希望。从此，我紧抱希望，拔节生长。

如今，您苍老的声音被电话拉长，声声种植在我记忆的深处，不断地开出姹紫嫣红的花朵。于是，沐浴着您爱的细雨，我拥有了一个春暖花开的世界。

踩着岁月的风雨,追赶您不羁的脚步。父亲啊,您的远方是永远的远方,几十年我沿着您柔韧的目光攀缘,才到达心的高度。

母　　亲

您走进我漆黑的梦里，深沉而苍老的眸子，探视着我深深的夜空。于是，我黑暗的天际，坠满您亮晶晶的牵挂，我软软的梦里，盛开您粉红色的企盼。

流浪的心，漂泊在遥远的远方，一束束无法送达的康乃馨，至今搁在我忐忑的心里，叠加成深深的思念。月缺之时，我遥寄一颗晶莹的泪珠，填补您心灵的失缺；月圆之时，我伸长心的手臂，去擦拭您眷恋的泪痕。

您记忆的海，收藏了我的点点滴滴，像珍珠一般，穿起往事的颗粒，镶嵌在您揉皱的光阴上。我照片的笑意，被您无数次地阅读，宛如咀嚼一支永久的歌，温馨而又甜美。

岁月流年，凄风苦雨，您浑浊的眼眸，古井般深不可及，隐藏着快乐、欣喜和希冀，深埋着忧伤、辛劳与苦难。

您苍苍的白发上，悬满牵挂；您深刻的皱纹里，写满嘱咐。母亲啊,您以枯瘦的手掌,抚平我的创伤;您以瘦弱的身躯,为我遮风挡雨;您以弯曲的脊背,支撑起我摇摇欲坠的天空;您以生命的光亮,点燃我灵魂深处的灯盏。

呵,母亲,您的爱,浩如江海,烟波浩荡。您的爱,沉重如山,无法称量。

紫璇啊，紫璇

是夜太长，我们已无法承受黑的恐惧，还是心太疲，让我柔弱的生命轰然坍塌倒地，在我昏厥不醒的一刻，在那个寒风凛冽撕心裂肺的冬日，我们互相走失。

山高岭重，森林密布，狼嚎声声，野兽出没，你在哪里啊？我的紫璇。幼小柔弱的你，怎能抵住突如其来的残暴袭击？江河泛滥，激流湍急，沼泽陷阱，路途泥泞，你可知道呵，我的紫璇，你赤脚行走在荆棘丛生的路上，伤在你身上累累，疼却在我身上弥漫。雪花飘零着冬日，烈日酷暑着夏季，行囊空空的你，可有回归的心思？我知道，为了找你，我已不在原地，可是我留下了一路的脚印，只要你回头，我们就能缩短距离。

我守着若干年前拾捡的你遗失的鞋子和歌声，我眼泪流成瀑布，心泉已经干枯，我瘦成一枝枯藤，顽强地向上攀缘，只有站在高处，才能看清你的来路。

紫璇啊，紫璇，一生我们才能相遇一次，谁承想一旦走失，你我却永无相见之日。我的日子被多年的寻觅一点点消融殆尽了，风烛残年的无力呼唤，声声哽咽，你却不能入耳。

紫璇啊，紫璇。来生让我做你的手脚吧，你走到哪里我就跟到哪里，因为生命中最苦最难最累最疼的就是分离。

致女儿（组）

一

在我内心深处幽深的一隅，我心灵的树上结满了你的微笑，在一片无人涉足的风景里，幸福在静静地绽放。

无风无雨的夜晚，我的心门悄然而开，一枝被心血染透的花枝，撩拨着我的心绪，记忆的碎片纷至沓来，像一片片凋零的残红落叶，铺满了我的世界。

漆黑的夜里，你踏着轻柔的足音，走进我孤独的梦里，为我沧桑的原野，插上一枝繁花。

女儿啊，今生你为我而生，我为你而活。

你在这个世界上的第一声哭泣，是我最圣洁的音乐，从此我便在这圣乐之中，开始幸福地歌唱……

二

我在爱的土地上耕耘，日复一日，年复一年。

为了爱你，我曾累成一匹坚强的瘦马，在喘息中幸福地微笑，在汗水中洗涤忧伤。

我的青春唱着哀婉的歌离我而去，而青春记忆的影子，像童话世界里的一座小木屋，在岁月的风雨中侵蚀与风化，色彩褪却，斑斑锈迹。驻足回眸，在身后的时光里，你已渐渐长大，用微笑来慰藉我的青春。

情到深处，无怨无悔。

感谢你给了我一爿爱的沃土。于此，我种植下我的情感和一些美好的诗句；于此，我种植下我的希望和我的歌声；于此，我收获你的成长，收获我的幸福。

三

我走在你的面前，甘愿以我的身躯做成一条压路机宽宽的轮带，让你的前方少一些坎坷多一些坦途，我唯一能给予你的，便是我的躯体和我的心。

如果我还能给予，我宁可给予你一片麦地，也不给你一座花园，我希望你像种植麦子一样，种植事业和爱情。有耕耘才能有收获，你要用一些艰辛的果实，来滋养自己的生命。

我的爱是一顶宽大的草帽，无法成为你富贵的装饰，但是在烈日炎炎的夏日，或是疾风骤雨来临之时，我是你忠实的护身符，你可以暂时放置，但绝不可丢弃。

四

乌云飘过我的心空，我的心被你远走的背影拽得很疼，在雏鸟的世界里，晴空万里，风平浪静，而遥远的天空却时常乌云密布、险象环生，初次远行的你，是否知道规避风险、躲避风雨？

一缕担忧的愁云划过我的视线，但是我只能给你翅膀，却无法替你飞翔。

天空辽阔，而我的手心却很小，既然总要远飞，那就带上我切肤的爱上路吧，在你远走的时候，我的视线变成坚挺的绳索，当你摔倒的时候，这是你唯一的抓手。

五

你学习的样子很美。

一方电脑屏幕，牵着你一颗顽皮的心。键盘下面，流淌着一些废旧的日子，也绽放一些鲜花和未来。

阡陌纵横，门窗无数。今生，唯有一扇门为你而开，唯有一条路为你而设。

站在社会的边缘上，懵懂的你如同水岸边一只迷途的羔羊，谁来为你选择那扇对的门和那条对的路？

即使我拥有一座金山，也不愿把你留在童话世界里。生命只有一次,荆棘、沼泽、悬崖、陷阱……你注定会踏着我背后的脚印,踉踉跄跄地前行。

在你走过的地方,请撒下一粒种子,不管它开什么花、结什么果,哪怕它是一株小草,也要为这个世界增添一抹绿色。

六

在你面前,我是一个单细胞的生命。爱你,是我的全部。

你在命运的大海上漂泊,我曾将罗盘上刻满了刻度,无论狂风暴雨你只要紧握罗盘,指针就能跳跃成航线,绝不会迷路。在最黑暗的地方,我燃烧成你面前的一盏灯,为你驱走黑暗,照亮前程。

哦,现在,我已是一棵老树,而你却是旁边一棵正含苞待放的春桃。我站在金黄的深秋,为了你灿烂地绽放,我落叶萧萧,甘愿做你脚下一撮腐叶土,待你一树繁花烂漫,我用一树的绿,来做你的背景,衬托你的嫣红。

故　　乡

当都市五彩缤纷的霓虹洒落我的肩头，我挥挥手，把故乡深情的眷恋留在了昨日的风中。

忙碌的缝隙中，几张泛黄的照片，不断地叠影。

哦，岁月沧桑，不知何时，父亲饱满的额头上深刻了几道愁容，母亲缕缕银丝总在秋风里舞动。

风雨过后的夜，没有故乡的明月真冷，遮断目光的高楼，立在我浓浓的乡愁和孤独凄凉的背景里，立在一副冷色调的画中。

我是一只风筝，无论飞得多远，总有一根扯不断的线牵在故乡的手中。风雨消融了我的激情，可是倦飞的我双眼迷茫，再也找不到归程。

故乡是多年前奶奶给的一粒糖果，在孤独和痛苦的时候舔一舔，便尝到了甜甜的味道。故乡是一个遥远的梦，她伫立于我的视线之外，时隐时现，却永远萦绕在我的心中。

面对一座褪了色的城堡,面对一些积满藓苔的日子,面对一把锈蚀了多年的情感之锁,我踏着沉重的思乡步履,踱步于萧瑟的秋风和古老的传说中。

心的变奏（组）

一

坐在漆黑幽深的角落里，静静地看着一行歪歪扭扭的脚印，重温那些跌跌撞撞的行程，一种莫名的疼弥漫开来，潮水般地淹没了我。

无风无雨的夜晚，紧闭的心门却静悄悄地打开，不敢再触碰那些伤痛流血的地方，让时间的尘埃静静地覆盖那些结痂的伤痛吧，也许忘记是最好的治愈。

面对夜晚的漆黑，不再恐惧，不再孤独。假如天塌下来，举起钢铁般的双臂，也绝不会让自己的内心倒塌。

静，是一种快乐的音乐。伴着寂静的夜色，我深情地为自己唱一首歌。

二

闭上双眼，翻阅着童年的时光，就像一个乞丐，在一个垃圾堆里翻捡一枚硬币。

许多年前的那个黄昏，一声啼哭像是夏天的惊雷，划破了父母的天空，在他们朗朗的笑声里，我长成一只聒噪的燕子，飞翔在自由的天空。

童年的心很小，一点点爱就能填满，可是父母却给了我一汪清泉，涓涓而来，源源不断。我在一双翅膀下躲避风雨，沐浴在阳光般的目光里。

花季雨季，拥抱着一个粉红色的世界，尽是甜美。

三

跌跌撞撞地走在崎岖的小路上，走出黑夜又遭遇风雨，走出森林又迷失在沙漠里，我点燃内心的烛火照亮前行的路，用奔跑的速度驱赶内心的恐惧。

踏着荆棘前行，将滴滴鲜血种入泥土之中，不经意地回望来时的路，身后有一些不知名的鲜花在次第开放。

展开翅膀，就会拥有一片天空；种植梦想，才能获得繁花锦簇的春天。

四

梦的触角悄悄地钻破楼顶，身后撒下一路嘈杂和狗吠，夜准备了一路的黑暗阻挡我的前行，预谋已久的风暴伸出带刺的手，企图刺伤我柔弱的心灵。

我戴着一顶斗笠穿越黑暗和泥泞，用脚印的文字书写着一首奋斗的诗。我的目光逆风而上，朝着一座雪峰的方向，丈量着生命的高度。

花开花落，斗转星移，在一个冰雪之夜，我的歌声生出翅膀，在幽深而粉红色的梦里飞翔。

松开风暴的捆绑和泥泞的羁绊，我向雪峰顶端的一棵树招一招手。

五

焦灼的心灵被炽热的阳光烘烤着，饥渴的生命之水遥不可及。沙漠包围着我，狂风摧残着我，但是我顽强地活在我的世界里。

晶莹剔透的梦，在宇宙之外，将我的世界纯洁成雪原。

拨开层层的目光，穿越烈日和冰雪的驿站，我逆光而上，向遥远的梦奔跑，快乐的歌声拱开现实的泥土，在感觉的土壤里慢慢生长。

风吟

怀念一场雪

我在记忆的影像里翻阅，就像蹚着一条湍急的河流，我逆流而上，去找寻一场圣洁的雪。

杂乱无章的思绪，辨不清是虚幻的臆想，还是真实的风景。我在纷乱的记忆中迷了路，无法辨清来路或者是去路，只好迷乱地踱着脚步。或者既来之则安之，索性住在记忆之中？

你我站在掩埋一切的宁静里，站在一尘不染的洁白里，远离喧嚣，远离尘世的烦忧，在一种神圣的沐浴里，我们塑造着内心深处一个从未见过的人。

雪人大智若愚，仿佛他知晓我们内心的一切，却秘而不宣。与陌生而熟悉的雪人对视，默默无语，却胜过千言。

思想的触角，常停留在一爿操场的空地上，一切空空如也。但是一个六岁女孩天真无邪的笑，始终烙在我记忆的墙上，填补我精神的空虚。

一场雪，绽开了一种忘却的心境；一场雪，绽开了我一生唯一的一次神话。其实，一场雪，深藏着一种禅意，一种昭示，只是同样天真的我，并不知一切拥有都会不翼而飞，一切快乐都不会长久存留。

一场雪，不留痕迹地惬意地走了，走向另一些人的记忆里，把一串串深深浅浅的眷恋，永远留在了我内心深处。

怀念一场雪，我是在怀念一个纯净的世界，是在怀念一个六岁女孩的快乐和一段温馨而甜蜜的日子。

流浪的季节

为一个粉红色的梦幻，心的枝头常挂满惆怅的思念。

掀开梦的帘角，静寂中你优美地聆听着一串听不懂的心酸音符，茫然的表情在我柔性的心灵，定格成一帧敦煌深刻的壁画。

记忆的风铃常摇醒你不经意的一句言语，像清凉的风掠过高原上的一棵树。我知道我无法拒绝你梦想般地降临，于是任凭你如同一种说不清道不明的情绪，在我孤寂的岁月里忽明忽暗地闪烁。任凭你深烙的名字，如同一块沉默的礁石，在潮起潮落中静静地游弋。

一株洁白的百合花，以衰亡的方式昭示着一种无以名状的禅意，那凋落时的凄怆之美，宛如我柔软的诗行，绕在心灵的傲骨上，啼血而泣。

穿过一个花开的季节，等待自己漂泊的灵魂从淡淡忧伤的阴霾中走出，在某一个不能确知的角落，它会于往事之岸涉水而来。

远　　行

是一次怯生生的仰望生出了美妙的憧憬，白云朵朵，轻柔曼舞，遥远而神秘，远处的世界很精彩。我依在心的门柱上，抚摸着尚未愈合的伤口，犹豫着，憧憬着，向往着。

既然命运让我远行，我就握紧冉冉升起的梦想，踏着一片血红上路吧！在匆匆的脚步和慌乱的思绪中，我碰倒了盛装爱的杯子，伤感散落了一地。

远行是一种召唤，行动是一种勇敢。在一个落叶缤纷的午后，我迈着孤独和落寞的脚步，徘徊在稀疏的阳光里。我欣赏自己，如若碍于一些羁绊停止了脚步，我的灵魂就会逃逸，我的躯体也会慢慢干瘪。

我的行囊丰满起来，我的诗歌飞扬起来，我庆幸我的出行带着我的灵魂。

路很遥远，我不知道何时是终点，习惯了远行的双脚踩在落叶般飘零的诗句里，享受着升腾和飞翔的感觉。

远行是我的宿命。

在梦想天使的领引下,我欢快地唱着歌远行

告别冬日

就这样无声无息、无悲无喜地在寒冷如冰、柔软如绸的雪原上蜕变吧！

当冬日挥手而去，我如同一株历经沧桑的树，在暖暖的晨风中缓缓舒展，舒展成一片绿色的温柔。

我记忆中的寒冰，正幽幽地融解成一抹静静的残阳。

走出冬天，才知道心早已在冬天之外。走出冬天，才知道所谓的阴霾，不过是些轻扬而去的云。

那么今夜，就让我凄楚的歌声，祭奠我冬天的泪水吧！

在这样的心绪里，可否听见梦里风吹过雪原时冬的回声？

我独立于生命之外，等候一场不曾预约的细雨，等候它飘过我期待的眼睛，慢慢融入我的心野。

我知道总会有习习的暖风，吹开残冬的大门，可是那缕缕的暖阳可否在心里常驻？

佛的莲台上风雨飘摇,亘古的空灵与浓浓的忧伤让无端的心绪来去匆匆。在冥冥的世界里,尘封的目光悄然而至,一种莫名的感动让我无力抗拒。

一　天

车窗晃动着世界，将稀稀疏疏的阳光洒了一地。两排法国梧桐合抱起一条笔直的马路，时间穿过树的隧道，没有终点。

我像一只倦飞的飞蛾，紧钉在一方电脑屏幕上，等待神的召见。在鼠标的指引下，我漫不经心地走在万花筒一样的迷宫，从这扇门走出，又进入另一扇门，像是一个身无分文的穷汉，在商店里随心所欲地溜达。时间仿佛是一张白纸，被我撕得粉碎，扔了一地。

蒸蒸日上的太阳，一口气走了八万里，终于累红了脸，慢慢坐下来歇息。而我却用各种各样的杂物、纷至沓来的信息和无聊的文字填充着我的空虚。我的人生宛如一个气球，填得满满的、鼓鼓的，但又瘪瘪的、空空的。

漆黑的夜晚，像一个饥饿的狮子，吞噬了嘈杂和喧嚣，空无一人的街道上，缭绕了空洞的钟声。我躺在寂静的床上，慢慢收紧时间的网，才发现渔网漏洞多多，我一天的打捞空无一鱼。

仰望一只鸟

天空依旧纯洁，你却已经飞过。

你踩着春夏秋冬的云朵，划过一条看不见的视线，飞向高远的苍穹。你的前方是追求者的前方，刚飞越崇山峻岭，又跨越峡谷河流。前途高远，行者无疆。你怀揣着希望，用一生的飞翔在一张巨大的蓝色纸上，写着你理想的诗篇，画着你心中的图案。

凄风苦雨，打湿了你的前程，沉重了你的翅膀，忧伤了你的心境。你的流浪是一个漂泊着的流浪，你与自己交谈，独自坐在云端上哭泣或是站在树枝上颤抖。你挂着孤独和忧伤的泪珠，独守着希望与成功的心火，在辽阔的天地里展翅翱翔，自由自在地飘荡。

我的漂泊如同你的流浪，而我的前方却是背离故乡的方向。

在一个岁月模糊的日子，我被尘埃悬浮，宛如一叶春水里的浮萍，卷在都市的风浪里。目睹你自由的翔姿，我揪住头发，双脚却深扎在大地的泥土里。

你在我达不到的高度里飞翔,我在你的飞翔中自由狂放。

你的剪影印在天上,如同一枚邮票,将我多年前丢失的坚定和执着的信念寄还给我,由此我的找寻走到了终点。

往日的照片

在遥远的目光深处，是我一张稚气的脸，把一颗满是憧憬与虚幻的心定格在那一瞬间。

花一样的笑容，在一枝桃花背后灿烂地盛开，纯净的笑里，染不上一点儿忧伤的颜色。

呵，最诗意的人生那是花季。

花季呵花季，花季过后，天不再蓝，笑不再甜，心不再飞扬，情不再纯粹，路不再平坦。

幸而，芬芳而又短暂的花季，被压缩成老照片上这一朵甜甜的笑靥，镶嵌在遥远的人生岁月的那头，尽管锈迹斑斑的日子无奈地泛黄，无忧无虑的甜美却永远镌刻在照片里。

一 条 河

一条河，进则为江海，波涛汹涌，狂潮怒涨；退则为清泉，清冽甘甜，沁心入肺。

一条河，堵为潭，深不可及，猜不透的复杂；流是溪，清澈见底，一览无余的单纯。

一条河，缓缓而流是一种心境，平淡是真，就如一些周而复始的日子。

一条河，唱则为一曲动听悦耳的歌声，唱得心花怒放；哀则是一段呜咽的哀乐，哭得如泣如诉。

柔情似水，一条河的温柔，像是一只多情少女手的抚摸，柔软得让人心醉。坚冰难破，一条河的坚硬，如同男子汉钢铁的诺言，铿锵有力，掷地有声。

一条河的力量可敌千军万马，所以鲧禹二十一年治水，祖先才摆脱海浸水淹、宇宙洪荒；所以穷途末路的老蒋，残局难收，企图划江而治。

一条河的冷酷，让人战栗，沙漠千年的呼唤，都无法感动一条河的铁石心肠；一条河的热情，让人滋润，只要河水汩汩地经过，无论多么焦灼龟裂的土地，都会长出勃勃的生机。

爱情的河，有时是难以跨越的天堑，深爱的人只好隔河相望，望穿秋水；理想的河，有时是一条路，只要高挂心中的帆，就能到达梦想的彼岸。

在社会的河里，芸芸众生，都逃不过河的淹没。有的人，谙熟规则，如鱼得水；有的人，步履维艰，历尽磨难；有的人不慎失足，成千古恨；有的人，身陷其中，沉醉不醒。

在家庭的河里，人人都是河里的鱼。有人是比目鱼，浓情似水，相依相伴，过着甜美的日子；有人是鳄鱼，反目成仇，自相残杀，过着血淋淋的日子；有人是小银鱼，简单如一张白纸，自由自在，过着无忧无虑的日子。

一条河是一面镜子，可以照出谎言，照出卑鄙，照出凶残，照出假丑恶的灵魂；也可以照出高尚，照出善良，照出爱心，照出真善美的心灵。

面对一条河，你是怎样的容颜？又有怎样的魂灵？深深浅浅高高低低的旋涡，都似一个巨大的问号，书写着沉重的诘问。

候　　鸟

山峦屹屹，寒冰封锁了河流。

生死面前，别无选择。你用翅膀上路，开始了万里迢迢的远行。

为了躲避隐藏的枪眼，你将身躯飞成了黑点，可知高远处却有一副虎视眈眈鹰的眼睛？

狂风吹斜了你的翔姿，暴雨打湿了你的翅膀，炎炎烈日燃烧着你的躯体，是怎样一种信念，支撑起你不息的远行？

抵达是一种坚强，前路漫漫，处处是漂泊者的创伤，你以意志导航，穿越剑一般的闪电和滴血的树丫，去抵达心的远方。

抵达是一种毅力，从北到南，从南到北，都是天边到天边的距离，你只靠一副翅膀，就能鹏程万里。

抵达是一种坚持，远行迁徙，迁徙远行，你在蓝天上过生活，你的终点穷极一生。

十万八千里云和路，你揣着流浪的心漂泊在远方，翅膀上却永远系着故乡的线。你采撷南方的春天，踩着凄风苦雨的云朵，将一片姹紫嫣红送归故土。

回归是一种眷恋，你的生命根植于故乡的土壤里，飞翔万里却不能永远分离。

回归是一种忠诚，你的脚无论如何背叛你的心，都改变不了你对故乡的赤诚。

回归是一种报答，你覆盖凌乱的风声，绞杀死亡的灵魂，活成一缕高原的春光，站成一道冬末的宣言。

你的一生是一个远行者的一生，你拼命破译那些看不见的路径，前方却永远给你苍穹的高度。

哦，你在夕阳的边缘上划开了血口，殷红了天边的流霞，将一片瑰丽淡化成你飞翔的背景。

窗里窗外

一串密码，开启了一扇紧闭的铁门，沿着黑咕隆咚的门洞而入，走进了一段情缘或是一个故事的内核。

窗外，车水马龙，熙熙攘攘，流动的人群在都市的霓虹灯里，匆匆忙忙的脚步赶在回家的路上。

回家！摘下面具，把心放进肚里，家才是最安全的港湾。

窗内，音乐迷离，灯红酒绿，在黯淡的烛光里，洒了奶油的蛋糕如同雪山覆盖的岩石，从雪被下裸露出来探望。杯盏觥筹，一杯醉人，千杯不尽，彻夜不归。

是故事的开始？抑或是故事的继续？

一缕流浪的目光寻着夜店里迷人的香味射进来，立刻被铁门挡在外面，他摸摸空无一文的口袋，做着雍容华贵、一掷千金的梦，沿街而去。

这一夜，用重金购买，仿佛将全部的日子预支，从此便沉醉不醒，而再美的梦也将醒来，日子依然平淡得像一张白纸。

究竟是怎样一种错误，还是另一种堕落？

孤独与生俱来，磨难无处不在。

纸醉金迷怎能填补旷古红尘的寂寞，春心萌动也无法抵达天上人间的爱情。智者看遍人世间的酸甜苦辣，用阿炳的二胡弹奏一曲深沉揪心的心音，用跳动的音符画下最工笔的人生写意。

戏剧人生

给夜色一次华丽，给人生一次璀璨。

各色人等粉墨登场，上演一段经历，讲述一个故事或是诉说一段爱情。

默默地聆听，默默地流泪，感动地鼓掌，激动地喝彩。为了一段虚假的扮相和表演，你倾尽所有的情感。可是在人生的舞台上，又有谁为你聆听，为你感动，为你鼓掌和喝彩？

人生都是戏剧，每个人都是角色，刚卸掉儿女那撒娇卖萌的稚气，接着又扮成成熟担当的慈爱父母，眨眼间便是白发苍苍弯腰驼背的爷爷奶奶。角色一直在变换，就如同四川的变脸，撕下一张面孔后面还叠印着无数，你一直在扮演着别人，根本不知自己为何人。

这一幕还是温馨深情的情感剧，下一幕就是哭哭啼啼眼泪涟涟的悲剧，同一个舞台，个性不同，过程不同，心情不同，内容不同，结果迥异。

当曲终人散大幕将落的一瞬,你去掉粉饰,本色出演,演的是你自己。

网　　恋

一个丰满而又甜润的粉红色词语，敲开了一扇扇薄薄的心扉。

它在那些干枯得像沙漠一样的肉体和贫瘠得像戈壁一样的心灵之间穿梭，填补着时间的空洞，诱惑着焦渴的眼睛。

屏幕如纸，常常被一些尖锐的词语戳破，悄无声息的一个真实的人，走出屏幕，发出一声唏嘘。

网恋的人，常常在纸上过生活，过得眼花缭乱、五彩缤纷，过得不舍昼夜、死去活来。网恋的人，甜蜜地喝着迷魂药，宁可在温柔的梦里长梦不醒，愣是把自己清醒的灵魂麻醉成坚硬的石头。

心　　湖

潮起，我的世界顷刻间成为汪洋，吞下我堆积已久的悲凉与痛苦。情感的碎片如一枚枚秋叶，撒在岁月的湖面上，随心所欲地长成生命的绿洲。

心的湖水，承载着我的生命之舟，在惊涛骇浪中穿行，在疾风暴雨里前行。

走投无路的尽头到处都是路，水在船就在，船在路就有。

潮落，我的世界瞬间干枯成沙滩，我握着桨橹、张满风帆，被搁浅成沙海里的一尊雕塑。

湖水退却，悄悄如一缕轻烟。将惊心动魄的风雨、狂电雷鸣的恫吓、如火如荼的历险，全都干枯成一堆往事。

心湖干涸，我沧桑成一把生锈的锁，等待一串无人知晓的密码开启。

山崖上的一棵树

婆娑的枝叶，是你高举的绿色火焰吗？

为了躲避纷乱嘈杂的尘世，你站在了悬崖的边缘上，在蓝天和白云之间，以大山之上的挺拔高度，竖起你峭卓的思想和坚强的身躯。

悬崖的翅膀挂满了鸟鸣，晾晒着空谷纯净的梦。而岩石之间沉默的泥土里，却顽强地生长着你不屈的意志和不倦的魂灵。

无风无雨的日子里，你固执地将影子植入仰望里，深深地孤独了天空。而当疾风暴雨骤然而至，你将灵魂的天空戳成窟窿，任凭银河倒泻，任凭思想的堤岸一泻千里。

是怎样一种力量，让你从岩石里凸现崛起，一步一步迫近白云和天空？你的高度，让我望而却步，顿感生活的艰辛与不易。你却能以你的倔强，永远坚守着情感和思想的高地。

悬崖上的冬天早早而至，残冬的风将你的叶子吹落一地，但你告诉我：并非一切都已失去，因为根还深扎在泥土的怀抱里。

一粒种子的命运,隐藏着多少风与云的秘密?我无法轻易地洞察一棵树的心事,也许你的内心,是一场旷日持久的抵达,只有沿着你树干的纹路,才能抵达你深藏不露的灵魂高度。

草原骏马

苍茫大地在你的足下狂奔，掉进滚滚绿波之中，“嘚嘚嘚”的音符，溅起了一串串绿色的歌声。

草原聆听着你的热情奔腾，以柔弱的身躯，背负着你的坚强和骁勇。

敞开博大的胸怀，草原编织了你的摇篮，她以坦荡的胸襟，铺展着你的前程。你踩着花香奔跑，你踏着风雨驰骋，你朝着地平线奔腾，遥远的地方悬挂着一个永远的梦。

你生就了驰骋理想，心永远向着远方。你用脚深深地亲吻着大地，在她温柔的怀抱里，心有多远路就多长。

好像有另外一种生活，总在远处等着你，走出草原成了你一生的梦。

哦，在草原的边缘上驻足吧！可知草原才是你最美丽的家园，而你才是草原上一帧最动人的风景？

曼荼罗花

是否在接受一道神谕?

一丛繁花被大地的手掌托起,犹如跳动的火焰,举梦向天,以神圣而优雅的姿态,独守一处洗涤心灵的净土。

你在大地的怀抱萌生,楚楚开成曼荼罗花的语言,带着诗性,带着芬芳,沿着蜿蜒的山峦随风飘远。

高贵典雅的曼荼罗,是一段无法抵挡的诱惑。用鲜血浇灌黑色妖娆的花朵,以昏迷的方式,把自己负载于一片花叶之上,任凭悠悠岁月在如梦如幻的花雨里流淌,让吉祥的安然扶摇直上。

岁月苍苍,生命茫茫。带着纯净与虔诚,伸展长长的手臂,在情窦初开的春光里,念一卷真经,让灵魂与激情在具象与意象的天地间驰骋飞翔。

曼荼罗花为世间而生,她带着灵意从远古走来,又带着爱意向遥远走去。

注:曼茶罗是梵语的译音,意为悦意花,被称为佛教的灵洁圣物,只有天生的幸运儿才有机会见着她,见到它能给人带来永无止息的幸福。佛法修的是清心观世界,寡欲走红尘,手中无物,万相皆空,所以在很久以前,这无蕊的白花就被人们看作神的化身,象征着空心,无心和安心。在古印度,曼茶罗花既是情欲之门的门环,又是构造盛景的基地,它被摊开,成为宏大的曼茶罗道场。作为"天使(魔鬼)的号角"的曼茶罗花,人们甘心以昏迷的方式,抵押理智而成为感觉的俘虏,把自己负载于一片花叶上,以抵达神谕的玄机。

一滴海水（外一章）

是小溪的清澈，让你承受了挤压与驱赶的力量？

奔腾的溪水，被揉成无筋无骨流动。失去旷达、自由、无羁的秉性和顶风沐雨的意志，也便失去了自己。

你是海的女儿，你该归属于海。

人在旅途

路和驿站是永远的人生。

原本就是一个码头，却误认为是岸了。路连接着驿站，驿站延伸着路。

人在旅途，行者无疆。

倾听十月

秋风的纤指，拨响岁月的琴弦。

岁月的琴弦，弹奏着抒情的华章。

我站在高高的井塔楼上，谛听着每一个深情的憧憬、每一个狂热的梦想，我拥戴着风风雨雨，拥戴着收获的辉煌。

在鲜红的旗帜下，我把炽热的爱心化为绵延不绝前进的脚步，用奋进的脚印抒写着美丽的诗行。

我走在弯弯曲曲的巷道里，聆听母亲的呼唤和矿山拔节的成长，我敞开阳光般的心灵，点燃新的希望。

十月啊，我点燃心灵的圣火、放飞灿烂的希望。我带着深沉的爱和焦灼的誓语，铸就钢铁般的意志和百折不挠的信仰。

伴着祖国诞生的礼炮，十月的歌啊，我唱响第一个乐章。

我用满腔的热血，点燃矿山的第一声炮响，泥泞的巷道里，多少承诺，兑现了祖国母亲的深切期望？

我用铁锤擂响有力的鼓点，我用钢钎碰撞出岩石的铿锵。

我沿着一支沧桑的古曲的韵脚，走出现代化步履行行。

伴着父辈粗糙大手的抚摸，十月的歌啊，我唱响激昂的一章。

我用坚实的双手，把创业的战鼓擂响。泥泞的巷道里，我从父辈的声声呼唤中汲取飞翔的力量。

我把矿工的真诚和倔强写进历史，我用挺直的脊梁，抒写出时代的诗章。

我承接着改革的阵痛与风雨，承受着坎坷与锤炼，在我金光闪闪的奖章里映出矿山强壮的成长。

伴着祖祖辈辈期待的目光，十月的歌啊，我唱响辉煌的一章。

我用执着和向往，探索迷惘的远方，泥泞的巷道里，我播撒着青春，我怀揣着希望。

我用无悔的青春塑造一个人生的铜像，我用青春的激情厚重一部生命的交响。

我稚嫩的双手，承接着新世纪的挑战，在广阔的天空中坚硬我搏击的翅膀。

我走在跨世纪的矿山上，我倾听新世纪的呼唤，倾听现代生活之潮的奔腾,我展开岁月的畅想。

在这片矿山的热土上,我用滴滴汗水敲打出动听的音符。

在这片矿山的热土上,我用岩石的品质抒写出矿山人的心曲。

在这片矿山的热土上,我用巍峨的井架高擎一段快节奏的旋律。

是啊,在这片矿山的热土上,几十年风风雨雨的历史,和着一代又一代人的追求和沧桑。

金秋十月,在你硕果累累的收获里,在你膨胀着的金色的希望里,回荡着神圣的乐章。

独步

初春日记

寂寞侵蚀着我迷惘的夜晚，随风而逝的日子如同脆弱的花瓣，撒在我孤独的生命里。

悄悄的路从昨夜的梦里伸出，深一脚浅一脚的足音，跋涉遥远而空旷的人生。生命短暂，路却漫长。在那遗落了许多零乱细节的路上，一行渗血的脚印，在真实的虚幻里走成燃烧的诗行。

岁月的纤指弹奏着那把封尘已久的六弦琴，用漂泊的歌声轻抚我心灵的伤痕。我重新找回内心深处最后的一块炭火，把它交给冬天，让热情在冰冷里再次升腾。

是啊，在博大的悸动面前，我不能拒绝热情。在灰色的忧郁里，我需要一盏洞彻心扉的灯。饥饿的眼睛总在焦急地寻找黑暗里的慰藉，或许你遥远的手臂栖息我疲于漂泊的灵魂，才是我人生中最完美的一帧风景。

红尘系心

心的尽头，是一座宁静的坟茔，哭声、笑声、爱和简单而又苦涩的故事，被一抔泥土收藏。

沉默的语言，从了无声息的岁月中流出，让长满青苔的记忆孤独地守望。杂乱的思绪，如同随心所欲的野草，疯长成一隅远古的寂寞。从一个季节走向另一个季节，从迷失中走出却又是迷惘的路途。那跌跌撞撞的背影，永远走不出我模糊的视线，两行歪歪斜斜的脚印，刻下两道滴血的伤痕。承载着人生苦难的心灵，再也无力阻挡内心的又一次风暴，在梦被熄灭的痛楚里，期望沿着深邃的夜色再度无奈地燃起。

真想躲开纷繁的人流和喧嚣的汽笛，让疲惫的灵魂在心的坟茔里安然入睡。红尘拍打着岁月，生命不得不皈依于沧桑风雨。

步履蹒跚的人生啊，总将路一样长而又长的思想，停泊在红尘的枝头。

魂归何处

夜莺带着它的灵魂在黑夜里穿行，在一个狂风“嗖嗖”的夜晚，灵魂像一条柔柔的纱巾，被一枝伸展的枯树绊住，独自飘在空中。

没有灵魂的躯体，艰难地活着，在狂风暴雨惊雷闪电里，它慢慢地粉碎，渐渐地消融。

哦，失去了灵魂的支撑，生命变成了苍白无力的空壳。漫天飘荡的灵魂独自迷惘，面对空旷的心灵，它只能与孤独合唱，与黑夜对语。

背离了自己，梦无所依。

空壳无声地呼唤着魂灵的回归，灵魂焦灼地期盼着有血有肉的生命，可是已经在两个世界的它们，却天各一方，无法抵达。

魂归何处？一个痛苦的天问，孤零零地挂在空中。

悲哀的歌手

迷失在梦的深处，我用炽热的歌声憧憬着明天。歌声，真是一粒饱满的种子撒在哪里都能开花结果吗？

远方的远方，不经意中一场苦难正在我的歌声里酝酿着痛楚的呻吟。

端坐在收获的季节里，我守候着心灵的空白，收拾起备注的无望，经受着生命里又一次悲壮的撞击。

那一首悠扬着粉红色故事的歌呢？平仄跌宕的旋韵呵，如同一个阴谋，巧妙地布局了生命中的每一个情节和细节，而从前的歌声却像漫天的雪花，飞扬了自己整个的天空。

洞开经年美丽而又隐痛的梦，站在希望的门外，歌唱的欲望再也无法膨胀。我多么渴望将欢乐与痛楚浓缩成一串简洁恢宏的音符，冲刷尽一路灰色的心事，漂白脸颊上的红尘，让饱经苦难的心灵在一种淋漓尽致的释放中得到少许的安稳。

在人生的禅意里,我是一名喑哑的歌手。

痛　悟

你已成为我永远的痛。

面对你的目光，我不寒而栗，因为你的眼睫上，至今沾染着我干枯的血迹。触碰你带刺的目光，我无法结痂的伤口，会立刻涌出殷红的血滴。

无法预测明天。从不知那个美丽的夜晚，会酝酿一场锐利的厮杀，羸弱的我纵然有再坚强的外表，也难以抵挡突如其来的撞击。你骄傲的姿态，深刻了我痛苦的双眸，那无声的仰天大笑，犹如一道闪电永远横跨在我不眠的夜空。

你不是海，无法包容一座山的突兀。我不是山，也无法经受一片海的淹没。孤独的人生，注定孤独，面对张开双臂空空如也的沮丧，再也不必强求与谁同行。

用十八年前心泉里流出的绵绵甘甜泪水，凝结成一块界碑。既然脆弱的情感如同一触即碎的瓷瓶，既然灵魂已经倒在春天碎裂的声音里,既然行走是永远的人生,那就重新上路吧。

漆黑的夜晚,我独自行走,狼的嚎叫与夜莺的歌声铺就我的前程。迷惘的脚步,在缥缈的夜里走成一个痛楚的天问:世界很大很大,哪里才让灵魂安家有所皈依?

多了一个路标,总要少一点迷失。路无尽头,沧桑风雨。在孤独的旅途中,只能低头行走侧身让路,让承载着人生的执着脚步去丈量生命。

祭

我的泪水唱着哀婉的歌，为我逝去的爱送葬。

茫然的袅袅青烟，漫无目的地燃尽爱的最后一丝温馨，从此日子便像一张失去记忆的苍白的纸，任由岁月的手指无力地掀动着干枯、破旧的日历。

无法忘记那个绚丽斑斓的梦，就像孤独的路灯下孤独的身影。我知道无法在那彩云飘满的天空下，快乐地谛听鸽子银铃般的歌声，无法在你灿烂的笑靥里品味花开的甜蜜。任凭海啸的狂澜卷进脆弱的心房，任凭急骤的霹雳撕裂痛楚的身躯。

你曾是一片海，绵绵的激情拥抱着我兀立而高傲的心灵，而我在你无尽的淹没中却甜蜜地沉睡不醒。

好想再听那朵花开放的声音，梦醒时分十九片百合花瓣却飘然凋零。

爱像一阵风了无痕迹地退潮而去，我以干枯的目光将酒杯高高举起，朝着海的方向祭奠自己。

走不出的黑夜

走在切骨寒冷而又漆黑的夜晚，期盼前方有一堆火和两只不断续柴的手。

零下40度的寒冷，把夜冻成了一个冰疙瘩，无论脚步如何疾速，也永远走不出黑和寒冷。

午夜，淅淅沥沥的雨被一场狂风吹成了厚厚的雾霾，结结实实地压下来，无法诉说的心事，渐渐凝结成一块坚硬的石头，永远堵在了我的胸口。

黑夜中的寒冷越发刺骨，寒冷中的黑夜愈加恐怖。寒黑交加的夜里，我听见了一只饿狼在叫，叫声撕咬着我的身躯，吞噬着我的心灵。我伸出无力的双手向天空挥动，期待得到一只充满着血气手的拯救。我绝望的呼喊在夜晚里回荡，无人来倾听我灵魂的独语。

失去了爱的夜晚，是多么寒冷和黑暗？

一声清脆的破碎之声，让幻想碎了一地，我收拾起残破的自己，就着一颗温热跳动的心,在思想的原野上伫立或者奔走。

就从这里出发,前行的双脚不再犹豫,麻木的双腿不再冷痛,一颗淡然的心挂上了虔诚的“十字”。

只要疲惫的双脚朝着一个方向,曙光总会在前头。

放过自己

一句承载了重负的言语，曾穿越爱的时空，落成了一块石头，落成一个掷地有声的约定。

爱的潮水时涨时落，流淌成时间的长河，将最初的记忆冲刷得一片苍白，我却依然撒下一网痴情，站在时间的这头，无谓地打捞那些遗失多年的灼人眼神。

至今一摞缺失了邮票的函件，还在梦的无穷远处搁浅。也许我是你某个季节一个跳跃的雨点，曾打湿了你灼热的眼睛；也许我是你梦中绽放的一枝夜来香，曾芬芳了你不眠的梦境；也许我是你诗行里一个错误的标点，曾鲜活了你人生的风景；也许我是你 CD 盒内的一首老歌，曾收藏了你的一些记忆和笑容。但是我永远在你梦的对岸与你平行，触不可及的目光，将我的心寂寞成了一座空城。

那年三月，我踏着焦灼的脚步，在漫长之中等待，轻柔的晚风却如同细碎的剪刀，在我受伤的心中战栗地挥动，你的音容像皮影戏里的人影，渐渐地模糊在我伸长的视线里，消失在我梦的尽头。

泣下的泪水，悬浮在空中，凝结成一簇簇月白的珍珠，陪我从思念的这头走向那头。

你卸下了重负，如同一只腾空而起的气球，已经无法承载爱的重量，而我却变成一张没有意义的纸，被岁月撕碎，了无痕迹地扬在风中。

你轻轻悄悄地到来，像水面上飘过的一叶浮萍，又轻轻悄悄地离去，像树林中吹过一阵清风，忘了我就像忘了一个春天的梦。

遥望远处的灯火，落寞而又暗淡，我揉碎了月光，揭下一片金箔，希冀却依然渐渐地黑成了夜，路渐渐地消失于视野，前方荒成了沙漠，行走的双脚再也无法挣脱锁头和镣铐，心的天空成为禁区，再也不许飞鸟划过。

没有飞鸟的天空，无论多么高远也失去了价值，既然爱已经走远，就让那些绮丽的日子骤然坠落吧，让一些灰蒙蒙的尘埃厚厚地覆盖。

不要再囹圄于自己筑起的高墙，打开紧掩的心门，告别冬的苍凉，点亮天空的繁星，复苏冻僵的灵魂，踏着悠长的箫声，走进春的温暖吧，把生命的树上重新挂满梦想的蓓蕾，在另一个季节里，让冰冻的心绽放成一树洁白。

我是你的风景

你从哪里来？又到哪里去？

当你拄着春天的日头，背着干瘪的行囊，迈着疲倦的脚步，在我的风景里驻足，一团暗压了多年的心火就渐渐地燃起，陡然间便烧毁了我的城池。

我无法承受你所有的旅行，你也无法承受我固守的孤独，于是你为了心灵和明天继续赶路，而我却从此像一只风雨中折断翅膀的鸟儿，无家可归。

我知道，我是你前行道路上的某一个车站，你疲惫的心灵只是暂时地停歇，而你希望的脚步却一直前行。

你是一个行者，谁能阻挡行者的脚步？

我与寂寞的寒冷和甜蜜的隐痛紧紧相拥，在一堆失望的灰烬面前坚守。凄风苦雨忧伤了我的希望，岁月苍茫迷茫了我的天空。一切都无法还原，因为你遗失的记忆，不断地蚕食着我的生命。直到若干年后，一个佝偻的剪影，望着先前你背离的方向执着地守候。

我是你的风景，你又是谁的风景？

伤情夜晚

孤独的夜晚，是我沉醉的风景。

激情的心跳和着点点灯火飘浮在都市的夜空，宛若绰约的爱情为我舞动。

沉重的步伐，踩着没有感觉的脚印，与你看不见的目光攀谈，与你形影相随的灵魂对语。固结的岁月，像干涩的音符，拨动我喑哑在心底的情弦。人生翻开一页失而复得的青春，定格成甜蜜的寓言。惨淡的思想，刻骨的思念，疯狂了这个冬天。一个滴血的声音用超越死亡的意象，破译着生命里的某种内涵。

都市的夜空是一本无头无尾的书，写满古老的设想，镌刻着美丽的惆怅，远方的诘问和伤痛的阴影，把凄美的心事挥洒成漫天的从容。我异常虚弱的灵魂经受着爱的折磨，苍凉的心灵荒原上两行躁动的思绪还能否沿着心的触觉紧紧相拥？疯狂的日子里，蹒跚而隐痛的脚步记下无法尘封的恩典，绝唱的诗句倾倒千年酿造的幸福苦酒。

抒情而诗意的夜晚里，明亮的街灯守望着汹涌激荡的情感，将孤独的美丽延续成柔情浪漫的芳径。

远离城市

黑夜狂乱，一种情绪骤然降临，如一串尖锐的子弹穿透我的生命，于是顽强的情感怦然倒在血泊之中，等待时间与历史的疗效。

从休克中醒来，我顿时迷失了路径，前方凄迷，日子默默无语。我眺望着远方，突如其来的希冀，乘着微笑梦一般君临，用悄无声息的警语和了无痕迹的撞击，化作我的路标，指引我回家的路。

一座城市渐渐远去，坐在空旷的原野上，同孤独的自己交谈，同整个世界对视，用残缺的记忆，默默地破译一个又一个的心迷。

在岁月的底片上，人类古典的步履，托举着某种仪式不停地前行。在生命降临和生命远去的时刻里，福祉与灾祸一起繁衍，幸福与痛苦并肩前行。在依稀的记忆里，当初我背上沉重的诗囊，只抽取了这座城市中的细枝末节，便匆匆上路，向着城堡的背面疾步远行，将一切荒诞和虚无留在了城里。

为了一副梦中的风景，我必须飘忽地出走，并执拗地跋涉。恍如所罗门打开的瓶子,那些怪兽般的情绪,在城市之外酿造着一首惊世骇俗的诗,诗稿里的哭声至今感动着夜色,让一堵积满年轮的墙顷刻摧毁,砸碎了我深重的情感,覆盖了我岩石般的孤独。

重新纳入生命的孤独之境,在风轻柔的抚摸中沉睡,在爱的真理中清醒。

你的微笑成为一个永远抽象的符号,留在记忆的深处。明知所有丰满的诗行,都会被一阵随意而起的狂风吹散,被骤然而起的暴雨打湿,我依然就着月亮寂静的照耀,在爱的原野上不断种植一些辛酸的句子,期待没有风的季节里,我羽化成一只飞翔的蝶魂,自在地忧伤。

独对夜空

午夜的静谧消融着夏日,一缕清凉吹开心怀,翻动起台灯下的信笺。

是谁撒一把宝石于夜幕之中?使本该漆黑的夜晚变成璀璨。一片薄云飞来,将朗朗的月光遮成斑驳陆离。

那个深秋的夜晚,月光将我的长发梳理成瀑布,你我相视漠然如一枚秋叶,生生死死已是身外之事。

风中洒满我零碎的诗句,你依然无语,只是慢慢地转过身,朝着来路走去。你瘦瘦的背影走成黑点,拽疼了我的目光。

那个夜晚里,我遗失了双眼,我的世界从此黯然失色。

面对着黑暗,我高唱我的歌,没有人来应和,饿狼一样的孤独吞噬了我的歌声。从此,走在熙熙攘攘的大街上,像是穿行于拥挤的石林,常常被一些可怕的锋利刺伤了腿。在我砰然倒地的时候,没有眼泪,只有疼在浑身弥漫。

眼泪,无法再慰藉我伤痕累累的心房,没有谁能为我承担起深秋的苍凉和初冬的心绪。

……

我将这些岁月装订成册,慢慢读着,尽管一页一页被我读成苍白,斑驳的字里行间却再也读不出一个完整的你我。

生命一点一滴地付出了,可否一点一滴地收回?

不敢再面对你消瘦的脸庞,你凄楚的双眸,是一片无边的海,一个残缺不全的我,再也经不起你的淹没。

行者独语（组）

我和我

我是一条鱼，游在我的水里。

我心的泉水，日夜不息地涌来，温柔地将我淹没。

我的生命之水啊，没有恐惧、没有陷阱，静静地躺在这里，可以安心地做梦。

我恣意地活在我的世界里，远离欺负、嫉妒和仇恨。可是我不安的灵魂，总是跃跃欲试地逃离，然而心泉依然默默地捧出她的爱，静静地等待灵魂的回归。

我是一条鱼，离开心泉就要死去的鱼。心是我的泉，离开鱼儿只会空旷寂寞的泉。既然我是一条鱼，就归入心泉吧，当世界张开血盆大口，那个勇敢地站出来与之决斗的，永远都是自己。

我和你

我是一只鸟,飞在你的天空里。

你坚硬了我的翅膀,空旷了我的心。我丰富了你的视野,生动了你的心境。我经受着你风雨的锻打和阳光的爱抚,在温热的欢笑与冰冷的泪水中慢慢成长。我舔着受伤的翅膀,向着遥远的远方疲惫地飞翔。

我知道我不是天空唯一的飞鸟,或许我的风雨兼程和艰难的飞翔,只是向往天空的高原和辽阔。我努力用飞翔的高度和远度,来证明我的高远,但我是飞翔在你的天空里。

你是我的天空,我又是谁的天空?默默无语的心告诉我,当我仰望天空无力飞翔的时候,注定会从高远处坠落,化为你眼前微不足道的一摊血迹。

哦,我的天空!

我和他

我是一个行者,不知不觉间走进他的领地。

我不知从哪里来,也不知前往哪里。他的领地他做主,眼前尽是纷纷杂杂的来来去去。

我挤过芸芸众生独自前行,谁知深不见底的黑洞在等着我,坠落的疼弥漫了全身。我艰难地爬行,磨破了手指,褴褛了衣衫,滴进泥土的鲜血,变成坚硬的褐色石头,沉甸甸地深深埋进心底。

我站在他的领地，就如同一个行囊干瘪的乞丐，在狂风暴雨中茫然，眼前全是十字路口，到底前往何处？在众多的选择中我无法选择。

这是他的领地，世事难料，风云不测。迈开钉在地上的双脚，走出别人的领地，又岂管前往哪里？

我是一个行者，不知走向何处。但有一个声音顽强地告诉我，只要双脚前行，就能走进自己的领地。

花开无声

独自走在漆黑的夜晚，以为黑会永远沉睡不醒。我深一脚浅一脚地跋涉，劳累已经麻木，心像一张苍白的纸失去了重量。

日子静得可怕，荒凉的世界里渴望着一声鸟鸣或者一声狼嚎。我大声地呐喊高歌，也许我大张着嘴巴而声音已经喑哑，看不见的空气阻断了我的音频。我青涩的歌声落了一地，打开心的囊袋，一颗颗重新拾捡，让干瘪的躯壳再渐渐地饱满。

血还在流，我的周围红得像春天，在艳丽的色彩里开始有了虚假的喧闹。无意中撒下一颗梦的种子，悄然生出一些灿烂的花朵，心开始鲜活起来，奇思妙想的诗句和未来的思绪，铺满了前方的路。

孤独而受伤的时候，梦想最容易发芽。我趁孤独的时候种植了梦想，而在梦想开花的时候，却忘记了孤独。

在我梦想的世界里，春暖花开。微笑的花朵终于爬上脸颊，心花怒放的春天，温暖了冷冰冰的灵魂。

小心翼翼地梦着,害怕被猛然一声惊醒。甜甜蜜蜜地梦着,害怕一睁眼又是冬天。

你的圆满是别人的残缺（外一章）

逃离贫困的魔掌，你走进欲望的陷阱，坠入虚假的时光。从此，灵魂被罚入黑暗，在一种深沉的渊洞里，越陷越深。

在暗黑的海上漂泊，如同漂泊于暗黑的梦。被欲望挤扁的灵魂，变成一张没有血性的纸，也只能在白昼与黑夜的缝隙里穿行。

你那铿锵的声律中和着一些紫色灵魂的呜咽，让幸福变得脆薄，却深刻了丑陋、伤口和疼痛。“地下经济”的繁荣，创造着别人的苦难，也摧残着我的记忆。这些文明的尘埃和污垢，让我们执法的每一个日子隐隐作痛。我侧耳谛听着硕鼠噬咬良心的情景，血红的思考和焦虑骤然并生。你的圆满是别人的残缺，你数钱时的狞笑衰败了自己完整的人生。

恶性的欲望，就像一个恶性的细胞，繁殖着苦难。别人的痛苦，已像乌云一样铺满你的天空，为何你的愧疚还不能沉闷地炸响，震醒自己沉睡的魂灵？

圆规与三角

你穿行在每一个可能的角落，瞄准那污浊变质的灵魂。用锐利与威武拨开物欲的红尘，在制假商人的耳畔，炸成一个黑色的惊叹。

饮假酒而亡的哽咽，是悸动的呼喊；服假药而死的眼神，是沉重的嘱托。哀音与悲歌，点燃你正义与信念的烈焰，洞穿阴暗的角落，罩在透着寒光的剑锋，演绎一场锐利的断杀与悲壮的较量。

两排相悖的脚印拉开永远的射程，两道目光聚焦的是一个邪恶的靶心。你是钢铁而铸，血脉里自然注满钢的坚强、铁的冷峻。在疼痛的神经上结下的日子，像充满毒汁的青苹果，只有你的力量才让它来不及成熟就无声地坠落。

注：圆规与三角是质量检查局队员肩牌的徽标，意思是没有规矩不成方圆。

潘金莲

我伫立在你的门前，凭吊你艳丽而又锈蚀的青春，凭吊你逝去的玫瑰色的昨天。

你用你的惊艳，沉重了一本厚厚的历史。你用你的泪水，冲刷着一代又一代的污浊。你用你无声的呐喊，去唤醒一个沉睡千年的世界。

你那粉黛的幽香、惊心的娇媚、灿烂的笑靥，升腾成灶台上一把冉冉的火光，燃烧着心的荒原。你那揪心的心曲，默默地弹奏着无人相知的音符，喑哑在心灵的琴弦。含羞的线条，难道真的找不到伟岸阳刚的生命？

夜夜的叹息与哀怨，凝结成一个沉重的问号，追问上苍，追问大地，渴望一声炸响的回应。

绵绵的期待，执着地寻找着那扇永远无法开启的心门。渺渺的目光，望断天涯，那梦幻般心与心撞响的姿态，定格成无奈的沮丧。

爱无归期。我看见你泣血的青春、似水的柔情、孤独的娇艳，在焦灼心灵的泣声中，被疯狂的淫恶缓缓吞噬。

注：游览潘金莲寓所，为其扼腕叹息，思绪片断，形成此篇。

枯 树

收回吧，直伸着的干枯的手臂，面对苍穹的缄默无语，能有多少东西值得讨回？

你手持凋零干枯的爱情之花，在没有结尾的等待里，天荒地老地守候最初的诺言。疼痛而又悲凉的爱情，咬噬着你的灵魂，如同冬日里一个饥肠辘辘衣衫褴褛的乞丐，被凌厉的北风撕扯着。你那美丽的天堂，建铸在遥远的火山之上，终会在天崩地裂之中轰然倒塌。你那玫瑰色的梦，疯长在幽幽漆黑的夜晚，定会被光明的剑击得粉碎、滴血，难以收拾。

与风相约，注定与孤独厮守。你活在自己的昨天中，却死在风的记忆里。

冬去春来，与你冷酷麻木地站立的空壳相视，你脚下开放着的焦灼的花朵，再也无力等待你遥遥无期的梦醒时分，一颗被撕碎的心，落英纷飞，随风而逝。

树与风

树呆痴痴地望着风，以期待的眼神诉说着心事。

风沉默不语。

一片云遮住了树的眼睛，吹冷了树的心，树寻找着风的影子，风却早已没有了踪迹。

云开日出的日子里，风轻柔地飘来，深情地与树对视。

树沉默不语。

坚守是一种品质，面对风的轻浮，又何必等待与追寻？

风收敛了笑和深情，目光凄然却很淡定，没有激情，也没有忧伤。

树神情木然，呆呆地望着风的背影，失去了什么，也放下了什么。

风轻松地飞了，树不再期待。

路上

都市霓虹

一片片追逐岁月流波而明媚的花瓣，挂在都市的夜里，把生命献给光明，把赤诚赠给黑暗。

不夜城的歌声，在激情的怀抱里迷惘地沉醉，五彩的霓虹如同时尚女郎长颈上亮晶晶的珠串，缀满最温馨的情愫，演绎都市永恒的经典。

醉在你无言的韵律里，我清醒地梦着，跌落的情怀飘荡成无家可归的梦幻。装扮灵魂的霓裳，把所有的眷恋给了夜空，把所有的期待给了明天，缤纷的思绪，浪迹在一个遥远的驿站。打开无形的锁链，释放内心深处的夙愿；放飞瞳孔里的期冀，让每一个日子不再因沉重而蹒跚。

一朵朵流泻的玫瑰，狂热地交流着生命的激情。都市与霓虹一同成长，未来的时光注定辉煌灿烂。

东方明珠

带着生命的激情与灵魂的飞越，你以飞翔的姿势向世界承诺着明天。

梦过千年，醒在人间。咀嚼着苦涩的梦，你涌动起殷红的血液，撩拨起拼搏的欲望，点燃了火红的信念，像一面永不褪色的旗帜，高举着希冀，飘扬着宣言。

傲然伫立，缄默不语，你高傲的头颅蕴蓄生命的力量，将勇气和胆魄镶嵌成一个永恒的点。你用珠穆朗玛峰的骨骼，支撑起自己的威严，在苍茫的天际下，叩开朗彻的空间。你用拱起的脊背，背负起一个不屈的民族，将铮铮作响的誓言，点化成辉煌灿烂的明天。

读懂你就读懂了激情的生命，仰望你便是仰望绚丽的明天。借你高扬的手臂，我摇响迷茫的雨季，播撒在心的荒原，擦拭心灵的阴霾，不再让形影相随的狂沙遮挡视线。借你飘然的长风，我放飞沉重的心愿，伴着恸彻肺腑的呼唤，让心灵深处涌起的激情，铸就坚实的精神家园。

黄浦江

滔滔江水，奔腾着多少岁月的豪情？

黄浦江，你裹着远古的情思，跨越苦涩的企盼，绵延成亘古不朽的诗篇。

如黛的江水，蓄满五千年的遥想，傍江的民族传递着生生不息的信念。于是，一幕幕惊心动魄的往事，在斑驳的史书里浮雕千年。

站在沧桑的外滩上，聆听血脉深处颤动的余响和折叠翻卷的悲喜情感，锐利的断杀声和历史遥远的呐喊，凝成血性的意念，深邃了江水，沉重了岁月。

黄浦江啊，你曾是一根疼痛的神经，分割的租界像一块块永远不能结痂的伤口，濡湿了绵绵的苦难。你曾是一支穿行于时光隧道中的飞箭，用大江的气韵镌刻岁月的纹痕，用沧桑的波澜植被民族的心田。

放逐青春的热望，在滚滚的黄浦江里冶炼真实，磨砺意志。放逐滴血的灵魂，在神圣的涤荡中褪尽凡俗，涅槃明天。用赤诚的心贴近大江，恢宏的江水流淌成一句永恒的誓言，用期冀的眼神憧憬大江，飞泻的激流中升腾起我云帆高挂的意念。

南京路

你是一枝生长的藤蔓，兴衰荣辱的枝叶，饱吮一百五十年的风雨，孕育岁月沉甸甸的内涵。

我用氤氲的方式打开城市的心门，感受民族苏醒律动的意念，击响灵魂深处最初的希冀和蛰伏在生命里的企盼。

手捧一把带有前世余温的目光，我看见有轨电车穿过不同语言、不同人种的呵斥，传出悠悠的叮当。婀娜的贵妇伴着《夜上海》缠绵的老曲，高跟鞋平平仄仄敲打着红木路面。那些锈蚀的文字，贴满白花花的橱窗，拥挤如蚁，扑入眼帘。一些残破的历史，沧桑了记忆，风霜浸淫的街道上，溢满凄凄惨惨的幽怨。

今天，载着城市馈赠的情愫，我走向繁华缤纷的诱惑，一道喧嚣的彩虹和着动感的乐曲，欢腾成一支激扬的旋律，沿着深深浅浅的记忆，流淌成千万次吟诵的跌宕诗篇。在你沧桑的精神切片里经受陶冶，喑哑在生活里的每一个细节，都会真情地奏响岁月的琴弦。

缤纷如歌，坦荡如弦，辉煌铺就的南京路啊，你永恒的魅力恢宏地世代绵延。

一尊街头雕像

你凝望着……

街道，车水马龙；人群，南来北往。你默默地站成一尊雕像。

城市中心，灯红酒绿，酸甜苦辣，红尘滚滚，洞察了世间的一切，你却一言不发。

也许你的沉默，只为了一个等待，从日出到日落，一天又一天，一年又一年，希冀陨落了你仍在追寻，梦想黯淡了你仍在守望。何尝不是，人世间最难的是放弃。

一场风雨，打湿了城市的风景，也打湿了你的目光，凄楚和寒冷包围了你，一股忧伤的情绪弥漫了整座城市。其实忧伤无处不在，或许你的心上一直下着雨。

究竟是怎样一场分离？又是怎样一个承诺？常常我们把一个错误当作一段真情去执着地怀念，守着心隅的一个秘密，缠缠绵绵、凄凄惨惨地唱一辈子《长恨歌》。

默默地站立,在茫茫人海中你不屑用语言来表达思想,也无人能破译你心里的密码。那么,空无一人的漆黑夜晚是你的世界吗?

也许你的沉默,是为了还原一个真实的你,看倦了戴着面具的人群,躲避着谎言和欺骗,你选择了沉默。

与你迷离忧伤的目光对视,我看到在一种扎到骨子里的伤痛和一种深藏于生命里的孤独之中,一种永不放弃的渴望正在燃烧。

出　　海

一叶扁舟托起一个丰硕的梦。

伴着祈祷锣鼓升腾的豪情，我们扬帆出海，去打捞心中不朽的憧憬。

苦有多深，甜有多长，带着岁月的蹒跚，我们开始希望的航行。每一个浪峰都有灵魂的风帆，每一朵浪花都有血液的歌唱。激情如鸥飞逝，波峰浪谷却缄默无语。高唱一曲船歌，放逐岁月的无情，只见一片骄傲的天色，骤然靠近磅礴的云霞。

摇曳的风雨，如同摇曳的希望。点点白帆飞翔在浩浩荡荡无法遮风避雨的海洋，一捧久远的期冀，终于演绎成一网收获的欣喜。

是啊，没有经历艰辛的选择，谁能领略出那份无言的感动？踏一路凄风苦雨，才能支撑你永远的高度。

聆听大海

走出钢筋水泥铸成的凄凉与迷茫，我走向海洋，为自己翱翔的雄心壮志开启一扇心灵的轩窗。

一串结满思索的日子，恪守着早已结茧的信念，在惊涛拍岸的大海之中，兑现着梦的启航。

憧憬明天的日子，才是生命的主题。恢宏的海韵一浪浪拍打我衰弱的心脏，灵魂禁锢得太久了，难道情感只能披一件梦的衣裳？

浪花中我谛听着远方涌动的潮声，跨越时空的浪涛，将岁月撕成碎片的记忆，在浩瀚的大海上漂浮、叠影成一曲青春的乐章。

自由伴着不羁的风尘，心动总在远方。告别激浪滔天的汪洋，会有一种全新的流程在人生里徜徉。

桃花石

是谁绰约的惊艳，孕育成粉红色的迷离？

桃花石，你默默捧出那颗永不褪色的心，让人品尝一生一世真淳的滋味。

我踏上幽幽古道，踩着先人带血的脚印，我的足音和着遥远的节拍，走进因沉重而失落的爱情。是啊，桃花纷落，伊人不再，往日温情的许诺，鞭打着放飞的时光，伤感的泪水化成血性的意念，凝结成一个温柔冷峻的悲剧。

所有的沉寂都会爆发激情，风雨的洗涤只能让赤诚的心更加赤诚。我依稀听见，楼上红衣少女依栏拨动的琴声，凄迷的旋律溢满海湾，一曲幽怨的琵琶隐去遍海的小帆，孤寂地拍打着远方的船舷。粗粝的海风再也无法扯断柔情，苍老的残阳忧伤了一个落寞的梦。

蚂 蚁 岛

蚂蚁岛，你是一块赫赫的碑文，叩响我心中的一支老歌。

或许，文明受创时的呻吟，是人类永远的痛，岁月之光的荡漾，才能昭示浮浮沉沉的盛衰荣辱。我生命的根须伸向你，看见历史拾起一把滴血的弯矛，刻下沉重的文字，就像南湖红船启航的桨声写成的一湾流动历史。

古老而又神圣的泥土，燃烧出坚强的魂魄，蚂蚁岛你用自己的脊背驮着路行走，深深浅浅的步履，蜿蜒成一首激情的乐曲。

那炉火的胸膛，融进喜马拉雅山的冰川和长江黄河的咆哮，在人们心中依然烈火熊熊。蚂蚁岛，你把生命燃烧得慷慨淋漓、惊心动魄，你把深沉炽热的情怀，孕育成高亢的意境。你用血汗和智慧凝成奇迹，你用骄傲和志气渲染多难的创举和艰辛的历程。

蚂蚁岛，如今倾听着你奋进的声音，凝视着你飞翔的姿势，蓦然一种血肉铸就的动力在我心里永远升腾。

沙　雕

你站在平静的海岸，感受着大海的沧桑，聆听着亘古不变的怦怦心跳。孤独的睿智锁定在深思的双眸，穿越浮尘，在绝望中希望，在落寞中遐想。

浪花翻滚，涛声阵阵，没有情节的思绪，如同潮水滋润着干涸的目光，洗礼着那无约而至的幽梦，吟啸在心海，汹涌成波浪。

风雨锻打你支撑品格的硬度，固守的沉默凝固成你永恒的姿势。你用心的眼睛抚摸着智慧和勇敢撑起的龙背，在逶迤腾跃的浪尖上，定能看见那高昂不屈的头颅。

对那无泪燃烧的虔诚，该有某种闪光的精神渗透着你的情怀，让你懂得如何面对未来。其实，只有你宁静的心，才能读懂人世间那永恒的句式。

留下深沉的缅怀和美丽的花环，我们带走火红的旗帜与生命的真诚。

黄　　山

归隐，从喧嚣中退出，将身心埋在翠绿之中，采一朵洁白的云朵，擦拭久积于心的疲惫。

踏着一级一级的石阶，洒下一路的汗珠，采撷满心的虚空，不经过陡峭崎岖的路径，哪有大堂的高尚与幽静？

为了一个放下，我腾云驾雾而来，让清风吹散挥之不去的烦恼，让云海洗净盘根错节的心绪。

抚摸飞来之石，闭上双眼，上苍垂下了仁慈之手，将我的所有重量慢慢放下。

古村落

沿着锈迹斑斑的古巷，穿越逆流的岁月，走进一个遥远的年代，去邂逅一群须眉长衫的人。

雕梁画栋，金粉世家，几多沧桑，几度荣华？

推开油漆剥落的大门，翻阅泛黄的故事，咀嚼古代的味道。富贵荣华传几世？功名利禄终尘土。

高高的马头墙，关住所有的秘密，空留一座牌坊，笑看世代更迭。

卯　节

“咚咚”的铜鼓，敲开了浪漫的卯节。

神圣的祝祷，从黑头巾黑长袍长者高举的青稞上洒落，洒落到香满神食的祭台上，洒落到火辣辣的山坡上，洒落到默默无语的稻叶上。于是，从跳动的稻田里，纯净如水的祭祀之歌，袅袅升起。

把五谷丰登的祈愿，告知天、告知地、告知祖先、告知神灵，收获便像绽放的花朵一样，挂满山坡，开满稻田。

在灼热的阳光里，就这样种植下一双双渴望的眼神和热切期盼的心灵，虔诚和真挚，希冀和憧憬，让岿然不动的山岭来见证，让沉默不语的大地来储存。

从此，漫山遍野燃烧着激情，繁衍成一个生生不息的民族。

铜鼓雷动，长号齐鸣。酝酿着成熟、孕育着爱情的卯节呀，等待着真诚的心来收割。

注:卯节,是水族别具特色的传统节日,是水族男女青年自由恋爱的节日。水族人民选择了“吉卯”这天,先是水族千名妇女祭稻田,祈愿来年风调雨顺、五谷丰登。之后水族男女青年来到卯坡,以歌传情,唱歌示爱,以歌择侣,所以卯节也被誉为“东方古老的情人节”。2006年被列入首批国家非物质文化遗产名录。

卯　　坡

那头饰上叮当作响的银色呢？你顺着风儿寻找。

那盛满情爱的明澈的眼睛呢？你顺着歌儿寻找。

走上卯坡，便走进了爱情的圣地。毒辣辣的日头下面，一串串甘甜的情歌，挂满了卯坡，像一簇簇灿烂盛开的玫瑰花，羞红了姑娘和小伙们青春的脸。

每一个花伞下面，都藏着一首歌；每一首歌里，都藏着一个甜甜的故事和"咚咚"的心跳。

聆听卯坡情歌，焦灼的灵魂中，会生出一双搏击长空的翅膀，飞向心的远方。

快打开心门吧，既然那颗不安分的心，已经宛如鸟儿腾跃不已；既然那一支支躁动的情歌，已经如同丘比特的利箭射中你的心房，你还犹豫什么？

日暮时分，一双手牵着另一双手，走下卯坡。

但是，沉默而又古老的卯坡上，还有满坡的情歌和满坡的爱，等待一只只多情的手，来逐一拾捡。

水书

哦，这是怎样神秘而又沉重的文字？

镶嵌在锈迹斑斑的书页上，就宛如雨浸风蚀的古城墙，用岁月的刀镌刻下重重叠叠的沧桑。

拂去记忆的尘埃，一种远古的尊贵和久远的文明扑面而来。

轻轻开启一道道神秘的门，在若隐若现的时光背影里，会端坐着一位历经千年的长老，以一种特殊的表情，解答千万次的探寻和追问。

水书，在风雨中固化，固化成一种众人信守的思想，固化成一个站立的灵魂，固化成一声金戈铁马的嘶鸣，固化成一个黑头巾黑长袍的长老的声音，固化成一群图腾天地的人的顶礼膜拜的神。

打开水书，从那些斑驳的线装的册页里，走出了一个民族。

注：相传，水族的远祖是先秦殷商时期的贵族七兄弟，为躲避商纣王残暴的统治，颠沛流离迁徙至贵州三都一带，成为百越的一支。水

书,是古代水族先民用类似甲骨文和金文记录下来的一种古老的文化典籍,它保存了大量的水族古代天文、历法、气象、民俗、宗教等知识,记录了水族几千年的历史和文化,2006年被列入首批国家非物质文化遗产名录。

都 柳 江

你远离了几千年的隆隆战鼓和锐利的厮杀，背驮着沉甸甸的记忆，从远古走到今天。

你追赶着那些从远古走来的贵族的脚步，怀揣着缠绵不绝的执爱，从巍峨的山巅走向明天。

为那些焦灼的渴望和生生不息的生命，为那些龟裂的土地与枯萎的绿色，你不舍昼夜，从遥远走向遥远。

一路上，苗族小伙木舟上追逐嬉戏的笑声和水族姑娘穿透心扉的歌声，还有一代又一代惆怅的哀叹、苦涩的眼泪与饱满的梦想，都被你宏大的胸怀收藏。

都柳江畔，心被洗去了尘埃，爱被洗去了污浊，一个纯净的自己和一份纯净的日子，营造着一个甜美的家园。

汩汩流淌的都柳江啊，你是一首雄浑古老的歌，踏着历史的节奏，悲壮成世纪的旋律;你是承载着沉重的车轮,碾着岁月的坎坷,蜿蜒成历史的轨迹。

城市抒怀

春风轻点着时光的键盘，从乍暖还寒的嫩绿里，飘出一曲悠扬的歌。

是谁怀揣着激情的圣火，膨胀着金色的希望，涌动着奔腾的心潮，唱响深情的歌？

沿着一支古曲的沧桑韵脚，延伸一百多年的漫漫长路，我看见前辈们蹒跚而沉重的步履，那坚实而又弯弯曲曲的足迹，书写下城市瑰丽的蓝图。

刚从凄风苦雨里走出，又立在浪涛汹涌的潮头上，承接着阵痛与风雨，承受着坎坷与锤炼，你依然高擎意念，执着信念，把真诚和智慧写进历史，用挺直的脊梁抒写下时代的诗行。

你给了这座城市的人特殊的情感，大家敞开阳光般的心灵，捧出炙热的心，用执着和向往去探索迷惘的远方，在风风雨雨的前路上，用全部的热情与豪气，播撒激情，挑战困境，种植希望，收获辉煌。

城市人的性格，造就这座城市的气质。

在你“怦怦”跳动的脉搏里，蕴含了多少铿锵的承诺，兑现了多少深切的期望。在这个汹涌激荡的时代里，蘸着一代又一代人的追求和沧桑，蘸着一百多年历史的风雨，用热血和激情厚重一部城市的历史。

踏着春风轻柔的脚步，走进拥挤的人流，我在拔节生长的楼群中，汲取飞翔的力量，在广阔的天空中坚硬搏击的翅膀。我倾听着时代之潮的奔腾，在一段快节奏的旋律里，我展开岁月的畅想，点燃新的希望，用稚嫩的双手承接着新的挑战，用饱满的激情和百折不挠的意志塑造起一座人生的铜像。

红色沂水

跟随一个千里之外的召唤，踏上一片红色的热土，去朝拜一些看不见的英魂，去凭吊一段血染的历史。

一只无形的手，蘸着鲜血在大地上沉重地书写，将这里的历史写成红色，沧桑了生生不息的土地，疼痛了千古伤怀的岁月。

踏上这片红色的土地，走在历史的血泊中，倾听埋藏七十年的锐利厮杀，感受一场激战的炮火硝烟。先辈们种下了信念和生命，长出的却是满山遍野的红樱桃和一张张收获的笑脸。

苍老的沂水大地，托举起千年的文化。群山默默，静观天地变化；沂水潺潺，笑看岁月更迭。

从古驿道到丝绸之路

淅淅沥沥的小雨,打湿了千年的石板。在作旧的月光之下,我翻开历史的一角,唤醒千年的记忆。

长满青苔的路上,多少人沿着自己的心和家人的目光爬行,拼尽浑身的血液,加快抵达的脚步。

走进一座驿站,双脚却朝着另一座驿站。拥挤的古驿道,连接着京城的功名利禄,连接着一辈子的富贵荣华。泥泞的脚印里,尽是艰辛的汗水。

车水马龙的古驿道上,遗落了多少坎坷的步履?多少焦急的追求?多少成功的喜悦?多少失败的泪水?

告别一个个驿站,走进岁月皱褶的涟漪里,在等待千年的丝绸之路之上,我拄着一柄竹杖,去拾捡一串沉淀千年的驼铃。

犹如褪了色的日子,塔克拉玛干铺成一片本色,只有一缕孤烟,丈量着天地的深度。

长河落日，黄昏似金，在“叮叮当当”的驼铃声中，一队骆驼载着身着长裙裹着头巾的维吾尔族女人，从西域走到波斯，又从远古走到当今。

今昔何昔？当瞬间变成了永恒，天涯变成了咫尺，我的抵达又有何意？

雪峰在生长，索道和飞行器越过高山，把徒步爬行的我甩在后面。在雪峰与沙漠之间，我坐成一尊神像的姿势，默默地接受着岁月禅意的洗礼。

梁 山

梁山，你是用岩石砌成的历史。逶迤的山脉，奔腾着好汉的血气，绵延成无数沉重而苍凉的故事。

饱吮日月光华和大地灵气的梁山啊，你是母亲山，你是生命的精灵。你那博大的胸怀，收养了一百零八个漂泊的灵魂。你那挺拔的峰巅，阻断了邪恶凄惨的世间。你那深邃的爱呵，抚平了深深的心灵伤痕。

你赋予一百零八个人一百零八般武艺，划破长空的刀光剑影，撼天动地的铁锤舞动，穿透目光的锐利飞箭，铁骑细碎的马蹄踏出激扬的战鼓“咚咚”。

梁山啊，你是一页翻不动的历史。读着你厮杀声声的一页，我狂躁的心跳，跌落在呼啸的松涛里。读着你血迹斑斑的一页，我澎湃的血液，凝结在啼血的杜鹃中。读着你啊梁山，在沧桑的思绪中我领悟了死的浩荡，生的恢宏。

凝固的文明

遥远而又苍凉的“咚咚”斧凿声，穿越青铜器时代不绝于耳的呐喊与呼号，化为祖先小炉作坊的火花和铿锵的煅打。

锈迹斑斑的你，融化了时间，也凝固了文明。

告别茹毛饮血与木棍石头，轰轰烈烈的青铜炉火，点燃了肆虐的战火，在战马的吼叫和血与肉的拼杀中，怒吼和呻吟腾空而起，紫色的魂灵纷纷坠落，沉重了土地，也沉痛了历史。

你在孤独和冷落中坚守，将一些泛黄的日子，写满了清晰的象形文字。

哦，褐色的石头，你沧桑了千年也深邃千年，可曾听见一个喑哑的歌手，在用沉默的语言为你唱一支粗犷奔放的歌；一个热情豪放的诗人，在以最热烈的文字抒写着你亿万年来郁积的激情？

归 原

梦，遗落在千里之外。

焊接光阴的碎片，松开繁杂的羁绊，沿着寻梦的旅途，跌跌撞撞地前行。

是谁的纤指在轻弹琵琶？高山流水，知音难觅，潺潺的仙乐，打湿了多少人的眼睛？

攀上容成子劈开的高峰，寻不见浮丘公燃起的炉火。不要惊扰闭目端坐在云端里的皇帝，在松涛中埋下菩提，他已禁语千年，任凭梦笔生花的李白[1]，饱蘸云海，在苍穹上挥毫泼墨。

看松涛起舞，听瀑布高歌，在静谧中孤独，是最好的享受。无须找寻皇帝遗落的仙丹[2]，回到天地玄黄，凡尘的一切都碎成灵魂的仙气，让我消失在松林深处的心之尽头。

注：

①黄山北海散花坞左侧，有一孤立石峰，形同笔尖朝上的毛笔，峰顶巧生奇松如花，故名“梦笔生花”。传说，有年春天，诗人李白来到黄山，见到北海山峰竞秀，景色奇美，禁不住诗兴大发，便昂首向天，高声吟道：“黄山四千仞，三十二莲峰；丹崖夹石柱，菡萏金芙蓉……”这声音惊动了狮子林禅院的长老。他走出山门，细细一看，只见一位白衣秀士，风度潇洒，便上前施礼，请问尊姓大名。这位不凡之客原来是“长安市上酒家眠，天子呼来不上船”的诗仙李翰林。长老急忙吩咐小和尚抬来用清泉酿制的米酒，还拿来一些文房四宝。长老急忙盛满了一杯酒，双手捧上，敬给李白。李白慌忙还礼，双手接过，一饮而尽。二人席地而坐，纵谈诗文，开怀畅饮。李白深感长老待人诚恳，意欲草书诗作相赠，以作答谢之礼。长老大喜，小和尚们忙着研墨的研墨，铺纸的铺纸。李白乘着酒兴，奋笔疾书。长老及小和尚们分别站两旁，目睹那遒劲的大字，赞叹不已。李白写毕，还有三分酒意，便将毛笔顺手一掷，那毛笔翻翻摇摇，从空中落下插入土中，他这才告辞长老而去。长老送走李白，回过头来，不禁大吃一惊，刚才李白掷下的毛笔已化成一座笔峰，笔尖化成了一棵松树，矗立在散花坞中，此为“梦笔生花”。

②上古时代，相传轩辕黄帝打败了九黎族和炎帝族，初步统一了北方以后，开始追求长生不老之道，他向大臣容成子、浮丘公请教炼丹之术，浮丘公说：“炼成金丹，必资山水，山水灵秀，丹药易成。臣尝遍历名山，惟黟山（黄山原名‘黟山’）为神仙都会，山高林茂，可资炭炼

药，灵泉甘美，能煮石成丹。”黄帝很高兴，便同容成子、浮丘公一道来到山灵水秀的黟山，烧炭炼丹。

山里本来就没有路，遍地野莽，处处青藤，更加怪石狼牙，走不了几步就陷入绝境。黄帝不死心，又命容成子在前抡斧开路，跌跌撞撞一路寻来。黟山七十二座陡峭的山峰插入云中，有些地方连猴子也难上去，可轩辕黄帝却踏遍了每一寸山崖。带来的粮食吃完了，只好摘野果子充饥。他们千辛万苦地过了九年，才找齐了各味药，只是缺少了甘露水。浮丘公又病倒了，轩辕便把容成子留下来照顾他，自己爬进深山。这天，他累得很，看见桃花溪里有块光滑平整的大石头，就爬上去休息。当他蒙蒙眬眬闭上眼，忽然听见山林里传来一阵叮当悦耳的仙乐。不久，他就看见从林中走出两只仙鹤，边走边舞。仙鹤后面，有一位白胡子、白眉毛的老翁，骑着一头雪白的鹿，正向他缓缓走来。他吃了一惊，赶忙起身施礼，向他打听何处有甘露。老仙翁笑而不答，只是掷下一块方巾，那方巾正飘落在他脚下。他定睛看时，见方巾上有两个字：丹井。黄帝欣喜若狂，一下子醒来，再看时，方巾不见了，原来是一个梦。他一骨碌爬起来，在脚下一块石头上打琢，找那眼丹井。岩石十分坚硬，凿了一天才凿了一小块石屑。黄帝不灰心，一直掘了七七四十九天，终于凿出一眼井，井水甘甜芬芳，果然是甘露水。

浮丘公闻讯赶来，他的病奇迹般地好了，他们立即动手把各种药捣碎做成丸，然后升火开炉。

他们整整炼了三年，原来准备的像山一样高的柴垛烧完了，炼丹台附近的树全砍尽了，浮丘公和容成子不得不到远处去砍柴。轩辕黄帝在炉前烧火,他把最后一块松柴填进炉膛,砍柴的还没有回来。炉膛内的火渐渐小了,黄帝急得坐立不安。炼丹的火万一熄灭,那就前功尽弃了。黄帝便把自己的一条腿伸进炉膛里,炉火才又旺起来。

炼丹炉内骤然一声巨响,射出万道金光,远山近壑都被照得通亮。浮丘公和容成子急忙赶来,见黄帝安详地烧着他的腿,他俩忙把黄帝的腿拔出来。仙丹炼成了,黄帝吞下七粒仙丹后,身轻体爽,其至温泉淋沁时,白发变黑,于是天降白龙,三人骑龙升天而去。

后　　记

这些散文诗，就像原野上一些默默开放的小花朵，说不上它们是怎么开出来的，也从未有无人欣赏的寂寞，它根植于我生命的土壤里，想怎么开就怎么开，想开成什么样就开成什么样儿。

“人，诗意地栖居在大地上”。有一阵子，无论花开花落日盈月缺，都会撩拨我的诗情，激起我的诗思，似乎随意一个物象或是一件小事儿都能触发我的灵感。我就像是一棵长满了刺的玫瑰，敏感的绿叶舞动在风中，岁月的枝条上却随时随地举起心灵的花朵儿，任时光飘散零落。

散文诗陪伴了我的生命，深深地潜入我的灵魂，它是我心灵深处的天籁之音，是我情思和灵感的自由歌唱与律动。它像陶醉的音乐一般，给我的生命里带来一阵阵清风，我不问它起于何处，终于何时，但是我珍惜与它结缘的美妙时刻，用心感受它带给我的花香与快意。

在这本散文诗集里，我寄情日月江河，感伤花鸟草木；我与古人无声地对话,又被亲情紧紧地裹着;我时空错位混淆天地,常把生活过成了梦;我以激情碰撞想象,在一些清新的意象画面内,流淌着浓郁的纯真情感和源自深邃内心世界纷繁多样的思想心音,洋溢着原生力量的生命气息和对内心与人生的诗意抒写、对自然与时代的真挚抒怀。

有很多散文诗,我都是含着泪写成的,它曾感动过我自己,相信那个遥远地方的你,也会感同身受,感受到它由内而外地完成了它的生活。我庆幸,自己一直以歌唱的方式,走在生命的途中,我因此而没有被孤独和痛苦吞灭,没有因困境与磨难窒息,相反在我最困难的时候,我的生命里依然幽幽地开出灿烂的花来。

假如你能在这些文字背后,读出一些疼痛、一些向往、一些挣扎和力量,一些多愁善感的情愫和对大自然、对亲人的挚爱,甚至感觉到少许温暖心灵的情愫、点透人生的哲思和穿透灵魂的美好,足已,足矣!

2017 年 5 月 22 日